Genel Yayın: 2299

Bu kitap hiçbir "ödül"e katılmamıştır.

D1726181

MODERN TÜRK EDEBİYATI KLASİKLERİ DİZİSİ
LEYLÂ ERBİL
TUHAF BİR KADIN

© TÜRKİYE İŞ BANKASI KÜLTÜR YAYINLARI, 2009
Sertifika No: 40077

EDİTÖR
RÛKEN KIZILER

GÖRSEL YÖNETMEN
BİROL BAYRAM

GRAFİK TASARIM VE UYGULAMA
TÜRKİYE İŞ BANKASI KÜLTÜR YAYINLARI

I.-II. BASIM: HABORA YAYINLARI, 1971-1972, İSTANBUL
III. BASIM: CEM YAYINEVİ, 1980, İSTANBUL
IV. BASIM: CAN YAYINLARI, 1989, İSTANBUL
V.-VI. BASIM: YKY, 1998-2001, İSTANBUL
VII. BASIM: OKUYAN US YAYINLARI, 2005, İSTANBUL

TÜRKİYE İŞ BANKASI KÜLTÜR YAYINLARI'NDA
I. BASIM: HAZİRAN 2011, İSTANBUL
MODERN TÜRK EDEBİYATI KLASİKLERİ: I. BASIM (X. BASIM), NİSAN 2021, İSTANBUL
MODERN TÜRK EDEBİYATI KLASİKLERİ: II. BASIM (XI. BASIM), ARALIK 2021, İSTANBUL

ISBN 978-625-405-413-6

BASKI
MEGA BASIM YAYIN SANAYİ VE TİC. A.Ş.
Cihangir Mah. Güvercin Cad. No: 3 Baha İş Merkezi A. Blok Kat: 3
Haramidere Avcılar Istanbul
(0212) 412 17 77
Sertifika No: 44452

TÜRKİYE İŞ BANKASI KÜLTÜR YAYINLARI
İstiklal Caddesi, Meşelik Sokak No: 2/4 Beyoğlu 34433 İstanbul
Tel. (0212) 252 39 91
Faks (0212) 252 39 95
www.iskultur.com.tr

MODERN TÜRK | 7
EDEBİYATI KLASİKLERİ

Roman

LEYLÂ ERBİL
Tuhaf Bir Kadın

TÜRKİYE İŞ BANKASI
Kültür Yayınları

VI. Baskıya Önsöz

Bu romanın yeni baskısında da birkaç değişiklik oldu. Hemen hemen her yapıtımda olduğu gibi bu romanda da gerekli bulduğum nedenlerle, özü değiştirmeyen ufak düzenlemeler yapageldim ve bu kez de Mustafa Suphi'yle ilgili ulaşabildiğim yeni bilgi ve belgeleri kullanmak zorunluluğunu duydum. Böylece başka bir yönden gelen; Kemal Tahir'in, Yavuz Aslan'ın, Andrew Mango'nun kitaba eklediğim araştırmalarıyla, "M. Suphi Olayı"nı benim gibi yıllardır bir takıntı olarak yaşayanların biraz daha ferahlayacaklarını umuyorum. Bu yüzden *Tuhaf Bir Kadın*'daki belge ve yorumları olduğu kadarıyla bırakamıyor, her baskıda yeni yorumlar ekliyorum. Tersi, yanlı davranmak sayılır ki bir romancının da baş düşmanı odur.

Bu durum önceki kuşakların benden iyi bilmeleri gereken bir konuyu nedense hiç ele almamalarından da kaynaklanıyor. Keşke Mustafa Kemal'in yakınında olanlar (Halide Edip, Yakup Kadri Karaosmanoğlu vb.) vaktiyle tanıklıklarını yapabilselerdi. Ancak ne onlarda ne daha sonrakilerde; Orhan Kemal, Kemal Tahir, Yaşar Kemal, Aziz Nesin, Rıfat Ilgaz, Çetin Altan'larda ya da özellikle konuyla yakından ilgilenen A. İlhan'ın yazınsal yapıtlarında değinildi bildiğim kadarıyla "M. Suphi Olayı"na. Belki de ancak şimdi yakınlaşmaktayız gerçeklere? Zira aklı başında hiçbir romancı çok iyi bilmediği bir tarihi konuyu yazmaya kalkmaz. Benimkisi de, romanı zaafa uğratmama çabasıyla bir fısıltı cambazlığı, Ahmet Kaptan'ın yakasına yapışmış, "Suphi'yi kim öldürdü?" "idefix"ine bir çağrı olarak görülmeli; ya da bir merakı toplumuyla birlikte öğrenip, gidermek.

Öte yandan bu gidişle, araştırmalar konusunda ne denli seçkinci davransam da ve okura en iyisini bırakayım desem de, *Tuhaf Bir Kadın*'ın, yıllar içinde birikecek onca Mustafa Suphi belgesinin arasında kaynayıp gideceğinden korktuğumun da bilinmesini isterim!

Leylâ Erbil
(Haziran 2001, Teşvikiye)

VII. Baskıya Önsöz

Tuhaf Bir Kadın'ın 2005'teki bu yedinci baskısına Mustafa Suphi'yle ilgili eklenecek yeni belgelere rastlamadım. Gözümden kaçanlar varsa okurlarımdan özür dilerim.

Leylâ Erbil
(2005, Teşvikiye)

VIII. Baskıya Önsöz

Tuhaf Bir Kadın'ın 2011'deki bu sekizinci baskısına Mustafa Suphi'yle ilgili eklenecek yeni belgelere rastlamadım. Gözümden kaçanlar varsa okurlarımdan özür dilerim.

Leylâ Erbil
(2011, Teşvikiye)

KIZ

yıllık 50-52

Bugün Bedri, Meral'le beni Lambo diye bir meyhaneye götürdü. Balıkpazarı'nda küçücük bir yer burası, çok hoş. Ozanlar, ressamlar, gazeteciler geliyor hep. Bedri'nin şiiri çıkmış *Varlık* dergisinde, onun şerefine götürdü bizi, şarap içtik. Tabii onların da benim de evlerimizden gizli. Duysalar kıyamet kopar.

* * *

Bugün annemin sinirleri tepesinde gene. Babamı işten çıkarmışlar, arkasından söylendi durdu: "Koskoca mal sahipleriyle bacak geriyor, kafa tutuyor onlara, sanki adadaki köşkler bizi bekliyor, sana ne haktan hukuktan be adam, çeneni tut da rahat etsene..." Ben, "Ama anne ne yapsın, yani kendini ezdirsin mi onlar mal sahibi diye?" dedim. "Sen karışma, zaten sen de ona benzersin, osuruk akıllılar siz de!" diye payladı beni de. Babam bir duysa yapar ya yuvasını, neyse!..
Meral'le son dersi asıp Lambo'ya gittik. Bir ozan ve bir de hikâyeciyle tanıştık. Çok hoş insanlar. Şiirlerimi onlardan birine okumak isterdim ama utanıyorum. Meral şiirlerimi neden Bedri'ye göstermediğimi sordu, bilmiyor ağabeyinin ne vakittir bana askıntı olduğunu. Hoşlanmıyorum bu çocuktan.

Bugün Mösyö Lambo'ya şiirlerimi birine okutmak istediğimi söyledim, tezgâhta içen bir adamla tanıştırdı beni hemen. Onun "O" olduğunu bilmiyordum. Yüreğim ağzıma geldi, şiirler yanımda değil diye yalan uydurdum. Yarın Tünel'de, Çardaş adlı bir meyhane varmış, orada buluşacağız, okuyacak şiirlerimi. Yarına kadar heyecandan tıkanmazsam.

Karanlık, kocaman bir uzantı Çardaş. İnsana korku veren geniş bir karanlık. Seçemedim onu. Dipten bir yerlerden bir beyazlık kalktı sallandı. Karşılıklı oturup tutuk tutuk konuşmaya başladık. Benden sıkılıyor ya da utanıyor gibiydi, bu hava bana da sirayet etti. Geldiğime bin kez pişman oldum. Birden "Oku bakalım reis, ne okuyacaksın!" dedi. Bu kabalık karşısında çok bozuldum, korka korka okudum en güzellerinden; "Kimler yeraltında yaşamaya iten bizleri / gök masmaviyken kardeşlerim, sapsarı benizlerimiz" diye biteni. "Sen bir yerde işçi misin?" diye sordu ciddi ciddi. Alay mı ediyor anlamadım. "Hayır ama yakınlarım öyle," dedim, ses çıkarmadı. "Düşmüş Kızlar Sonesi"ni okudum ardından: "Kızlarımız hep ağlayarak mı savaşa gidemeyecek?" Burnunu kaşıdı, "Savaşa mı gitmek istiyorsun?" dedi bu kez. Buradaki savaş sözcüğünün çok geniş anlamı olduğunu açıkladım; bu şiir, her çeşit savaştan alıkonulan kadınların bir çeşit düşkün kadınlar ordusu durumuna geleceklerini anlatıyordu. Anlamaması tuhaftı aslında. Son olarak "Kan"ı okudum. Bu şiiri de ilk genç kız olduğum gün, kapıldığım panik duygusuyla kaleme almıştım:

Ey yüce Aşil'in mi topuğu bu
vurulup benim yatağımdaki
Yoksa kartalların göğe bindirdiği yerde
açılan yara mı?
Sızıyor kan durmadan
ciğerine oturan o acıdan
boğuyor gözleri, denizi, bilekleri,
zincire vurulmuş denizi boğuyor,
boğuyor durmadan.

"Ne kanı bu anlamadım?" dedi, gözlerini kırpıştırarak. Ben de anlaşılmasın diye öyle soyut yazmıştım şiiri. Doğrusunu söyleyemedim ona tabii, "Savaş korkusunu simgeliyorum," dedim. "Ellerine sağlık, pek güzel yazmışsın ama, şaire olabilmek için daha çok küçüksün. Bunları birkaç ay beklet; yeniden oku bakalım. Ben sana kitap getireceğim yarın, Lambo'ya, onları da oku..." Kibarlık ediyordu ama beğenmemişti işte. Kim bilir nasıl da alay etti için için. "Hiç durmadan yaz, yaz yaz at bir köşeye, arkasını bırakma yazmanın." İşte benim tek sığındığım, tek avunduğum şiirlerden de umudum kesildi artık. Yaşamanın anlamı ne olacak artık, ölebilirim artık.

Lambo'ya uğradım, kitapları aldım. Kendisi yoktu. Bu kitapların da hepsini okumuştum ben! Nasıl mutsuzum!..

* * *

Babam işe girdi.

* * *

Meral'le Lambo'ya uğradık bugün;
Bir aktörle hapisten yeni çıkmış,
bir ozanla hapisten yeni çıkmış,
bir mimarla hapisten yeni çıkmış,
bir yeni hikâyeci ve bir yeni gazeteciyle hapse hiç girmemişler, tanıştık.

Ozan Halit'le mimar Necat biz giderken birlikte kalktılar, durağa kadar geçirdiler bizi. İkisi de çok candan insanlar. Yarın Degustasyon'da buluşacağız onlarla. Meral Necat'a bayıldı. Ben de Halit'ten hoşlandım doğrusu. Bir hafta sonra köyüne sürgün gidecekmiş Halit.

* * *

Bugün Necat'la Meral resim sergisine gidince Halit'le Degustasyon'da baş başa kaldık. Birden tuhaf bir korku sardı içimi. Bir süre sonra Halit konuşmalarıyla bu korkumu sildi götürdü. Çok dürüst bir çocuk o. Biraz geç kalmıştım eve, ama annem bir şey çakmadı.

* * *

Bugün annem gene ağlıyordu. Hamdiye Yenge gelmiş demiş ki: "Bu yaban, Hasan'ın zencirini hepten tüketti, bir uşak veremedi ona, diyorlar senin için," demiş.

* * *

Bugün gene Halit'le buluştuk. Çardaş'ta oturduk bu kez. Tutukluyken kendisine yapılan işkenceleri anlattı. Olaylar sanki bir başkasının başından geçmişçesine alaya alarak anlatıyor en korkunç şeyleri bile. Amma da garip çocuk. Nasıl falakaya çektiklerini kendisini örneğin anlatıyor. Kırılıyor kahkahadan... Nasıl sırayla tekmelediklerini, kendisinin de onlara tekme savurduğunu, nasıl tükürdüğünü birinin yüzüne, tükürük yiyen polisin nasıl hayalarını burduğunu. Tüylerim diken diken oldu benim. Gülüyor; polisin suçu değilmiş bunlar, öyle yetiştirilmiş polis, görevini yapıyormuş onlar. Haksızlıklara karşı intikam duygusuna kapılmamak bir marifet midir?

* * *

Halit okula geldi bugün, birlikte çıkıp Lambo'ya gittik. Bir ara kapı aralandı, "O" girer gibi oldu, bizi görünce selam vermeden gitti. Ne garip adam.

Bugün son gün. Degustasyon'da buluştuk Halit'le. Nasıl oldu bilmiyorum, birden her şeyimle açılıverdim ona. Başım

dönerek anlatıyor anlatıyor anlatıyordum. Meral'le dertleşir-
cesine en saklı şeylerimi; annemin diktatörlüğünü, geçimsiz-
liklerimizi, bir çeşit tutsak oluşumu, din baskılarını, acıları-
mı, özgürlüğümü elde edemezsem kendimi öldürmeyi düşün-
düğümü bile söyledim ona. Belki de kaçacağımı evden, hiç
kimsenin beni anlamadığını, tek arkadaşım Meral'i, şiire sı-
ğınarak ayakta durabildiğimi. Öyle bir şey oldu ki anlattıkça
anlattıkça, o vakte dek hiç olmadığım kadar bahtsız sandım
kendimi, başladım ağlamaya. Mendiliyle gözyaşlarımı sildi,
çocuğuymuşum gibi. Bu hareketiyle sapıttım büsbütün ve şu
anda tiksindiğim bir şey yaptım: gözyaşlarımı silen ellerini alıp
öptüm. Tütün kokuyordu parmakları acı acı. Nasıl yapabil-
dim bunu şaşıyorum kendime. Sanırım aslında, ona yapılan
eziyetleri benimkiyle karıştırıyordum, çektikleri sanki benim
yüzümdenmiş gibi geliyordu bana, bunu ödedim biraz. So-
ğukkanlılıkla yatışmamı bekledi, sonra da tüm acıların dün-
yanın ve Türkiye'nin içinde bulunduğu politikaya bağlı oldu-
ğunu söyledi. Bunu anlar gibi oldum ama bu çocuğun böy-
le en ince anlarda araya aklını bıçak gibi sokması da tuhafı-
ma gidiyor doğrusu. Hem anlamak ya da bilmek açmazlar-
dan kurtulmak demek değildir ki! Ben özgürlüğümü elde et-
meden mutlu olamayacaksam, dünya da bana bunu verme-
mekte direnmekteyse mutlu olamayacağım demektir... İnsan
mutsuzluğunu birileriyle paylaşarak dayanabilir bu dünyaya
belki de, Halit kalsaydı burada benim de dayanma gücüm ar-
tacaktı belki; oysa yarın o da gidiyor... "Sen bana bacılarım
kadar yakınsın, istediğin an çık gel bize, neyimiz varsa senin-
dir..." Gönlünün tüm cömertliğiyle çağırdı beni, yoksulluk-
tan, umutsuzluktan başka bölüşecek bir şeyi yok biliyorum,
gene de nasıl mutlu kılıyordu varlığı beni... Bu sözleriyle iyi-
ce ağladım. Bu kez o aldı ellerimi, avuçlarımı çevirip öptü.
Uzun uzun uzun sustuk. Ayrılık saati gelip çattığında ikimiz
de masanın kirli örtüsüne dikmiştik gözlerimizi. Ben arada
bir beyazpeynirin üzerindeki küllere de bakıyordum. Son cı-

garamızı yaktık. Son olduğunu ikimiz de bildik. Yenice paketinin sırtına bir şeyler karaladı ve uzattı:

Yaralı paramparça şarkı söyleyen kalbim
gözlerin yeryüzü ve nazlı umut
hepsi bu kadar sevgilim.

Seviyor muyduk acaba birbirimizi? Sevda dedikleri bu muydu yoksa? Buysa, biraz da komik değil mi?

* * *

Bugün yıkandıktan sonra saçlarımı bigudiledim. Sobanın başındaki yeşil koltuğa oturdum. Tırnaklarımı törpüledim. Daha babam dönmemişti. Annem karşımdaki eski kanepenin köşesine ilişti. Mercimek ayıklıyor. Bir ara çıktı, gene aynı yere oturdu, bir cıgara yaktı. Fırtınanın yaklaşmakta olduğunu sezdim. Allahsızlardan başladı. Yalancıların cehennemde çekeceği işkencelerden. Mahrem yerlerini örtmeyenlerin uğrayacağı gazaplardan. "Sen neden şapka giyiyorsun öyleyse?" dedim. "Baban," dedi, "babanın yüzünden. Allah günah yazmasın, zorla giydirdi bana. Günahlarım onun boynunadır." Epeyi dinledim, ses çıkarmadan. Bir çıksa da odama gitsem *Konovalof*'u okusam. Beş on yaprak kalmıştı. İçime sindire sindire okumak istiyorum onu. Belki onuncu kez okuyorum. Bazı yerlerini ezbere biliyorum. Ayağa kalktı, kapıdan çıkıyordu. Başımı kaldırıp kapının tokmağını tutan elini gözetledim. Birden döndü, gusül abdesti alıp almadığımı sordu. Sussam patırdı çıkacak belli. "Aldım," dedim, yüzüne bakmadan. "Hiç inanmıyorum sana," diye dikildi iyice kapının önünde, "zerre kadar güvenim yok sana, gözlerin velfecir okuyor. Her şeyi yapabilirsin sen. Öyle karaktersizsin ki, iki çeşit hayatın var. Görmüyorum ama bizden gizli bir şeyler yaptığını seziyorum. Şunu bil ki ben Allah'ın emirlerini yerine getiriyorum. Evladına bildiklerini öğreteceksin, bana düşen bu. Sen gizli gizli her şeyi yapabilirsin. Unutma ki bu dünyada gizli kalan öteki dünyada açığa çıkar. Orada da yüz yüze geliriz. Yalan söylüyorsan, bizden saklı bir şeyler yapıyorsan öteki dünyada yılanların, çıyanların yemi olacaksın..." "Anlaşıldı, anlaşıldı," diyerek çıkmak istedim. Kapıyı tutmuş, "Ne o küçükhanım hoşunuza gitmedi mi öğütlerim?" dedi. "Ders çalışacağım," dedim. "Bunlar ders değil mi? Bunlar Allah'ın dersleri, defol git, dersin batsın," diyerek bir tokat indirdi yüzüme. Ağlayarak odama koştum. *Konovalof*'u okuyayım şimdi.

* * *

Bugün Halûk diye bir çocukla tanıştım. Tarihteymiş. Yüzüme gözüme bakmadan düpedüz konuştu benimle. Rahat ettim yanında. Yoksul bir çocuk olduğu belli, üstü başı dökülüyor.

* * *

Halûk gene aynı kurşun rengi ceket, aynı damalı gömlek ve aynı eğri büğrü pabuçlarla kat koridorunda dolaşıyordu. İkimiz de bir saat erken gelmişiz derse. Kantinde oturduk. Elimde Gorki'yi gördü, ilgilendi. "İyidir," dedi, çok bilir bir tavırla. Konuştuk. Kadıköy'den geliyormuş. Evi yokmuş, Kıbrıslı'ymış. Zengin bir akrabasının yanında kalıyormuş. "Daha doğrusu müştemilatta kalıyorum, bekçi gibi bir şeyim," dedi. Koltuğunun altı kitap doluydu. Kerim Sadi'nin birkaç çevirisini verdi okumam için.

* * *

Kevser, Ayten, Şeref, Sadi, tıbbiyenin çayına gittik. Anneme, dil semineri var dedim. Ayten'in babası yok, annesi dul, bir yerde memurmuş. Bana Sadi'yi tavlamamı söylüyor. "Neden?" dedim. "Fena mı, yakışıklı çocuk," dedi. Ne garip, ille biriyle flört etmek istiyor Ayten. Öyle bir kız ki biri onu sevdi mi, kim olursa olsun o da onu seviveriyor. Seçmesi yok. Tatsız geçti çay. Birbiriyle dans eden bir yığın kız ve erkek. Ne saçma.

* * *

Halûk bugün bir arkadaşıyla tanıştırdı beni. Ömer Ağbi diye. Edebiyattan konuştuk epey. İkisi de Tolstoy'u sevmiyor. Koskoca adamı berbat ettiler. Nâzım'dan söz açıldı. Ömer şiirinden çok, davranışlarını, namusunu seviyormuş Nâzım'ın. Tuhaf bir adam bu Ömer. "Bana Ömer Ağbi de bacım," dedi. "Olur," dedim. Galiba bu da Doğu'dan gelme. Benim Halit gibi.

* * *

Havva Hanım'ın büyük kızı Neriman Abla'nın bir oğlu olmuş. Kocasını Ankara'ya tayin etmişler, yarın gidiyorlarmış. Anneme el öpmeye gelmiş. Bütün gece Neriman'ı anlattı anam. Ne kızmış o, hem yüksek tahsil yapmış, hem dinini unutmamış. Oruç tutarmış, anasına el verirmiş. Saçının telini namahreme göstermemiş.

* * *

Bundan böyle dans etmeyeceğim. Çaya da gitmeyeceğim. İnsan dans ediyor, yerine dönüyor. Çoktandır dans pistinden oturduğum yere kadar yürürken çok garip bir şeyler duyuyor, sıkılıyor, pişman oluyordum. Kesinlikle bunun ne demek olduğunu bilemiyorum, ama iğrenç bir şey, pistten, oturulan yere kadar yürümek. Kızlar arsız arsız gülerek yerlerine döndüler hep.

* * *

Kızların zoruyla mühendis çayına gittim gene. Eve, Ayten'in yaş günü var dedim. Ayten'i nedense pek sevdi annem; "ne kızmış o, dürüstlüğü yüzünden akıyormuş"... Hiç dans etmedim. Dans edenlerin pistten masalarına dönmelerini seyrettim. Kevser'le Şeref yanak yanağa dans ediyorlar. Kafalarıyla dayanarak birbirlerine. Belden aşağıları uzakta. Namus kurtarıyorlar böylelikle herhalde. Kevser yanaklarını elmaşekeri gibi boyamış. Şeref'in bir arkadaşıymış, geldi masaya, Ahmet. Dansa kaldırdı, kalkmadım. "Neden?" dedi, anlattım. "Çok hoşsunuz," dedi. Nelerden hoşlandığımı sordu. "Şiirden," dedim. Hemen o dalda konuşmaya başladı. "Bende her şey bulunur," der gibi bir tavrı vardı. Efendim Nâzım Hikmet güdümlü bir sanat yapmasa büyük bir şairmiş. Ziya Osman Saba'yı çok severmiş. Orhan Veli'yi hiç sevmezmiş. Ne biçim şey. Birden sevdiklerini ve sevmediklerini attığını anladım, ama vurmadım yüzüne. Sustum. O da sustu. Dağarcığındakiler tükenmişti. Fakülteye gelip beni göreceğini söyledi. Yok canım, beni görüp de ne yapabileceğini sanıyor acaba!

Halûk'a dünkü çayı ve Ahmet'i anlattım. Çok güldük. Ben Freud'un *Totem ve Tabu*'suna başlamıştım. "Vaktine yazık," dedi. Kendimi yetiştirmek istiyorsam ilk elde okumam gereken başka şeyler varmış. Bir haftada okuyup geri vermem şartıyla bana bazı kitaplar getirecek; yasak kitaplarmış. Halûk iyi çocuk ama, onu anlamak da zor. Bütün hocaların aptal, beyni yıkanmış, sahtekâr olduklarına inanmış. "Sen de anlarsın bir gün," dedi.

Ders arası Şeref ve Kevser'le birlikte oturuyorduk. Ahmet çıkageldi. Kazboku renginde bir kazak giymiş, saçlarını taramış. Oturdu, hiç konuşmadım onunla, bir tuhaf oldu masamız. Sonra Şeref'le birlikte giderken öyle bir elimi sıktı ki "Ay!" diye bağırdım. Ötekiler şaşırdı. Şeref dik dik baktı Ahmet'e.

* * *

Halûk bugün bir çanta dolusu kitapla geldi. Çantayı bana verdi. "Kimseye verme ve gösterme, kendin oku, sakla," dedi. Kevser her gün Ahmet'ten haber getiriyor. Yurtta o gün bugündür Şeref'i uyutmuyormuş. Sırılsıklam âşıkmış bana. Ders de çalışamaz olmuş sözde. Sultanahmet'teki kahvelerde bütün gün kâğıt oynuyormuş benim aşkımdan. "Ne yufka adammış," dedim Kevser'e. Bozuldu. Onlar da Ahmet salağını bana yamamaya kalktılar.

* * *

Halûk'un verdiği kitapları okuyorum. Çantasından ayrıca el yazması bildiriler, birtakım broşürler de çıktı. Onları yaktım. G. Dövil'in *Sermaye*'sini okuyorum şimdi. Haydar Rifat çevirisi. "Şekerzade Edip İzzet Beyefendi'ye" ithaf etmiş, ne romantik adamlar bu eski çeviriciler.

* * *

Halit'ten mektup aldım. Büyük bir şiir yazmış benim için. Çok güzel bir şiir doğrusu. Ben de ona yazdım bu akşam. Buraları, yaşadıklarımı, her şeyi. Yeni şiirlerimi gönderdim ona. Ama doğrusu, şimdi beni, yazmaktan çok şu içinde bulunduğum durumlar, kişiler ilgilendiriyor. İyi değil ama bu son yolladığım şiirler biliyorum.

* * *

Halûk'u ve onunla birlikte birkaç kişiyi tutuklamışlar. Çok üzüldüm. Ne olacak şimdi!

* * *

Eve gelir gelmez Halûk'tan aldığım kitapları sakladım. Ararlarsa diye. Neden tutuklandı acaba. Çocukcağızın bir şey yaptığı yoktu ki. Kimseyi görmek istemiyor canım. Anneme bir şey uydurup evde kalacağım bugün. Halûk'u görmeye gitsem mi? Nasıl bir yerdir acaba cezaevi? Sultanahmet'te yatıyormuş. Ne yapacaklar çocuğa!

Bu gece bir düş gördüm siyah beyaz. Bir resme bakıyorum. Çok eskiden yapılmış bir resim. Boyasının ne olduğu, kimin nasıl yaptığı belli değil. Beyaz bir fon üzerine insanlarla doldurulmuş. Kara çizgiler çekilerek yapılmış insan resimleri. O resmi alıp sokağa çıkıyorum, çok dar ve uzun bir sokakta yürümeye başlıyorum, yanıma Bedri geliyor, resmi ona da gösteriyorum, birlikte yürüyoruz. Sokak o kadar ince uzun ki, ucundaki delikte aydınlık ay gibi parlıyor. Üstümüzde de ince uzun bir gök şeridi var. Birden resim havalanarak gökyüzünü kaplıyor. Üstümüzdeki ince uzun gök dilimini kurumdan yapılmış insanlar çıkartma gibi dolduruyorlar. Resimdeki beyaz fonun yerini insanların aralıklarından görünen uçuk mavi gök rengi alıyor. Bedri "İnsanlar, insanlar!" diye haykırarak kaçıyor, bir evin açık bulduğu kapısından içeriye saklanıyor. Ben de ardından koşuyorum, kapıyı kapatıyor yüzüme. Sokakta benden ve birkaç çocuktan başka kimse yok. Çocuklar ağlayarak kaçışıyor, bana doğru geliyorlar. "Korkmayın," diyorum, ama ben de onlarla birlikte "Anneciğim, anneciğim," diye bağırarak ağlamaya başlıyorum. Çıkartmalar kopup kopup aşağı doğru yağmaya başlıyorlar. Evlerin damlarına yaklaştılar artık. Hava kararıyor, her yan is ve yanık kokuyor. Annem sokağın dibinde kalan ay parçasının içinden, elinde beyaz bir oturakla koşuyor. "Korkma geliyorum," diye bağırıyor. Kurumdan yapılma insanlar sağıma soluma, toprağa, taşların aralarına düşmeye başladılar. Bir tanesi sağ bacağıma düşüyor ve yapışıyor. Bakıyorum Bedri o. Annem oturağı sürüyor altıma ve "Tövbe et, tövbe istiğfar et, günaha girmişsin, söyle ne yaptın, söyle kız mısın?" diyor. "Kızım anneciğim, hiçbir şey yapmadım," diyorum. Bir esinti duyuyorum, yaklaşıyor, yaklaşıyor, bütün kurumları süpürüp götürüyor, çocuklar sevinç çığlığı atıyorlar. Bedri'nin bacağıma yapışmış resmi yok oluyor. Oturağın dibi sokağın boyunca uzayıp ağzına dayanıyor, içi bayraklarla donanıyor. Küçük küçük her milletin bayrağı var. Çocuklar koşup bayrakları kapışıyorlar. Annem "Bir tane de sen al bakayım, hangisini alacaksın," diyor. Ben uzanıp yanımdakini alıyorum, bakıyorum dümdüz siyah beyaz bir bayrak. Uyanıyorum. Sabahın 5'i, defterime yazıyorum bunları. Böyle düşler gören biri olmamdan utanıyorum. Sultanahmet'e Halûk'u görmeye gideceğim.

* * *

Bugün sinemaya gittik Meral'le birlikte. Gişedeki adamdan bileti alınca, "Mersi," dedim, adam "Girsin hepsi," dedi.

* * *

Halûk'a gittim. Çok sevindi. Ummuyormuş gideceğimi. Şaşırdı da. Anlattı sonra. Yeraltı faaliyeti yapıyor diye yakalanmışlar. Kalan cezasını çekiyormuş. "Biliyordum gireceğimi zaten, 5 ay daha yatacağım," dedi. Cıgara istedi, yoktu yanımda, iki buçuk lira verdim o aldıracak. Ne kadar kıvırcık kirpikleri varmış Halûk'un. Kirpikten gözleri görünmüyor. Kafes kafes tellerin arkasında parçalanıyordu yüzü; bazen gözleri ve alnı sığıyor kafeslere, bazen burnu, çenesi. Burnu küçük ve sola doğru eğriymiş. Sakalları uzamış, seyrek ve kıvırcık. Dişleri sapsarı. Hiç ovmuyor herhalde. Biraz Musevi'yi andırıyor Halûk. Ona *Sermaye*'ye başladığımı, ama çok zor söktüğümü söyledim. *Sermaye*'den önce okunacakların adlarını verdi. Ömer Ağabey'e söylenecek bir haber ezberletti bana. "Beyaz karga yem istiyor," diyecekmişim. Ömer Ağabey gelemezmiş buralara. Cibali'ye gidip ben bulacağım onu. Adresini ezberletti. Sakın bir yere yazma dedi. Sonra bana kendisi "şahsen" güvendiğini, ama şimdilik daha açık konuşamayacağını söyledi. "İlerde herhalde daha iyi dost olacağız," dedi. Bir de bütün bu söylediklerini yapmaya karar vermeden iyice düşünmemi istedi. "Eğer korkmuyorsan yap, korkmak ayıp değil ama başladıktan sonra yarı yoldan dönme, sana söylediklerimi öldürseler kimseye anlatmaman gerekir, sadece Ömer Ağbi duyacak bunları," dedi. İkimiz de sustuk. O gene "İyi düşün, yapamayacaksan, sana söylediklerimi unut, bir daha gelme buraya, karşılaştığımızda da selam verme, birbirimizi hiç tanımamış olalım." Güldüm. "Sen beni tanımıyorsun," dedim. O da güldü. Ayrıldım, eve döndüm. Gerçekten tanımıyor o da beni. Onun gibiler için canımı verebilirim. Neden bilmem ama duygularım beni onlara doğru itiyor. Bana benzediklerini sanıyorum. Kötülüğe karşı geldiklerine inanıyorum.

* * *

Bugün Cibali'ye gittim. Ömer Ağabey'in yerini elimle koymuşçasına buldum. Daracık bir sokak arasında topraktan aşağıya oyulmuş iki göz oda. "Elektrikçi" yazıyor kapıdaki tabelada. Camlı bir bölmeyle kendi oturduğu yere geçiliyor. Masası, üç de sandalyesi var. Bölmeden bakıldığında içeride çalışanlar görünüyor. İşçiler dalga geçmesin diye camdan yapmış herhalde bölmeyi, içerde iki küçük oğlan çocuğu tulum giymişler çalışıyorlardı. Beni görünce fırladı Ömer Ağabey, "Gel bacım gel," diye sarıldı, kucakladı beni, sarıldı ve sırtıma vurdu birkaç kez sarılmış durumda. Şimdiye kadar kimse böyle sarılmadı bana. İçim kabardı. Bu işin tam bana göre bir iş olduğunu, hangi yola giderlerse gözüm kapalı artlarından gidebileceğimi anladım. Ihlamur içiyordu, bir iki yudum çekmişti anlaşılan, bana uzattı, "Sen iç, ben ısmarlarım kendime," dedi. "Halûk'u gördüm," dedim. "Anlat bacım." Haber yolladı mı diye sormadan bakıyordu yüzüme. Biraz durdum. Gene sormadı. Sormayacaktı da. "Beyaz karga yem istiyormuş," dedim. "Vay densiz!" dedi birden, ardından "Yaşa bacım yaşa," dedi, "o kadar mı?" "O kadar," dedim. "Oldu," dedi. "Sen hemen çık git şimdi, burası pek tekin değildir, başına iş açılmasın." Ihlamurumu bitirmeden, geldiğimin tersine daha kısa bir yoldan gönderdi beni. Sokağa çıkan merdivenlerden dönüp baktım, bölmesine girmiş, başına işçi kasketini geçirmişti, çıkmaya hazırlanıyordu bir yere. Ne heyecanlı geçti bugün. İşte ben her günüm böyle geçsin istiyorum.

* * *

Halûk'a gittim gene. Beş lira verdim. Olanları anlattım. "Peki, sağ ol," dedi sadece. Birden ona Halit'ten söz açtım. Tanıdı, "Arkadaştık," dedi, "iyi çocuktur." Ama bozuldu biraz sanki. Başka bir şey söylemedi. Çıkarken "Sen artık gelmesen iyi olur," dedi. "Bizim yüzümüzden başına bir dert gelmesinden korkuyorum." "Yok canım," dedim, güldüm.

* * *

Meraller Pendik'te bir ev almışlar, oraya taşındılar. "Bedri sana âşık, hep seni soruyor," dedi Meral.

Bugün evdeyim. Anneme yazılı yoklamalara hazırlanmam gerektiğini söyledim. Dik dik baktı yüzüme, bir şey sormadı. Halit'e uzun bir mektup yazdım. Halûk'tan söz açtım. Sadece tanıdığımı ve şimdi son birkaç aylık cezasını çekmek için içeri girdiğini yazdım. Halit'i tanıdığını falan hiç anlatmadım. Bakalım ne diyecek. Bugün epey düşündüm. Halûk'u özellikle. Kimdi, neydi? Neden bu güveni sadece onlara duymuştum? Güvenden de öte sanki saygı duyuyorum onlara. Ben kimim, ne yapıyorum böyle, onlar ne yapıyorlar? "Beyaz karga yem istiyor"muş. İşin içyüzü ne, niye bana anlatmıyor? Babam annem duyarsa ne yaparım? Acaba Moskova'yla ilişkileri var mı bunların? Ama olamaz. Moskova lafı polis uydurmasıdır. Kim bunlar?.. Kim olurlarsa olsunlar. Bana doğru geleni yapacağım. Onlardan olacağım ben de. Bizden öncekilere, ablalarımıza benzememek için her şeyi göze alacağım.

* * *

Kevser'le sinemaya gittik. *Viva Zapata*'ya, çok güzeldi. Kevser tuhaf bir kız. Hem alçakgönüllü, hem kendini beğenmiş, İzmirli. Babasının orada basma fabrikası varmış. Bana hayat hakkındaki görüşlerinden bahsetti. Şeref'i tavlarsa evlenip İzmir'e yerleşecekmiş. Babası Karşıyaka'da şimdiden kendisi için bir ev yaptırmış. Kevser'in üzerineymiş ev. Çünkü üvey annesi varmış Kevser'in. Şeref'i de babasının yanına yerleştirecekmiş ki bu üvey ana işleri kendi lehine çevirmesin. "Mal ve para kaptırmayalım karıya," dedi. Çok şaşırdım, belki de ben de onun yetiştiği koşullarda böyle işini bilen biri olurdum. Sinemadan dönüşte Lambo'ya uğradık Kevser'le. Çok hoşuna gitti orası. Ama, "Sakın Şeref'e söyleme," dedi. Olur. Halit'ten mektup yok.

* * *

Sabah okula girmeden kapıda gençten bir adam önümü kesti. Polis. Polisle işim olmadığını söyledim ona. "Bir saat kadar işiniz olacak, benimle gelin lütfen," dedi. Baktım kaçacak bir durum yok, adam kararlı, götürecek. Bu durumlarda ne yapılacağını da hiç bilmiyorum, ne salağım, öğrensem ya. Polisle konuşmanın, gitmenin bir yolu yordamı vardır herhalde. Neyse, birlikte yürümeye başladık. Kendi kendime, "Yürü be korkma, ne yaptın ki, işte bozuk düzeni yıkmak için adım atmaya başladın. Haydi, ileri, atıl ileri, sağ sol, sağ sol. Öldürseler konuşmayacaksın, öldürseler..." Adam, başına kocaman kenarlı kara şapkayı geçirmiş âmâ gibi, hiç konuşmadan yürüyor. Beni böyle annem görse ne der kim bilir. Polisten değil de, annemden, evden korkuyorum, ya duyarlarsa diye. Bir binaya girdik. Bir merdivenler çıktık, bir odaya girdik. 45-50'lerinde al yanaklı bir adam masa başında oturuyor. "Getirdim efendim," dedi beni getiren, çıktı gitti. Yalnız kalınca, masa başındaki sağdan soldan bir iyice süzdü beni. "Beni çağırtmışsınız, sebebini öğrenebilir miyim?" dedim. Kan ter içinde kalmıştım, yollarda koştura koştura. Adam adımı, yaşımı başımı, okulumu, babamı anamı sordu, yazdı. Sonra ayağa kalkıp "Utanmıyor musun?" dedi. "Neden utanacak mışım?" diye sordum. "Anlat bakalım ne dolaplar döndü Salih itiyle aranızda?" dedi. "Ben Salih diye birini tanımıyorum," dedim. Adam Ömer Ağabey'e gittiğimi bildiklerini söyledi. Ömer Ağabey'in adı Salih'miş. "Hadi şimdi anlat," dedi. Anlatacak hiçbir şeyim olmadığını, Halûk'u tanıdığımı, arkadaşım olduğunu, hapse girince de insanlık görevimi yerine getirdiğimi, Ömer Ağabey'e de Halûk'un iyi olduğunu haber verdiğimi, yani arkadaşımı bir ziyarete gittiğimi söyledim. Adam yanıma yaklaşıp "Budala," dedi, budala bir suratla. "Sen giderken biz geliyorduk, kimi aldatıyorsun sen ulan, şu domuz suratını parça parça ederim senin..." Beni korkutmak için daha bir yığın tehdit savurdu. Söylediklerini öyle üst üste, dolaşık bir şekilde söylüyordu ki, bir süre sonra artık duymaz oldum dediklerini, sadece neler yapabileceğini hesaplıyordum. Dayak yemekten değil, "ya şuraya yıkıverir de beni, bir hayvanlık ederse" diye korkuyordum. Anamın yere göğe sığdıramadığı o zar parçasını ya ilkin bir polis kırpığı haklayıverirse. Hem de böyle bir dekor içinde. Yerler tahtaydı, bugün kurtulursam dedim içimden, bu zırıltıyı tez elden aklı başında birine hallettireyim, pis bir iş bu. Örneğin Ahmet'le. Dudaklarımın ucuna yayılan gülmeyi tutup adama baktım, ağzı köpük içinde hâlâ konuşuyordu. Halin-

18

de yapmacıklı, caka satan bir şeyler vardı. O anda yüzüme bir şamar indi. Öyle bir bağırdım ki, sesimden ben bile ürktüm. Adam da bir adım geri çekildi. Çok canım yanmamıştı ama boş bulunmuştum. "Bunu yapmaya hakkınız yok," diye bağırdım hemen. "Budala," dedi, gene herif sırıtarak. Kapı açıldı ve içeriye gençten biri girdi. O girince benimki hazır ol durumuna geçti. Yeni gelen bana adımı sorup oturdu, hemen söze başladı. "Hanım kızım," dedi, "sana okul derslerinden başka işlerle uğraşmamanı tavsiye ederim. Ben hukuk mezunuyum ve yıllardır bu işlerin içindeyim." "Öyleyse," dedim kanayan dişimi göstererek, "boş yere adam dövülmeyeceğini de bilirsiniz! Bunu size sorduracağım." Adam kızmış gibi yaparak, ayakta durana baktı. "Komünistlerden uzak durun, sizinle bir daha karşılaşmayalım, öyle bir iş açarlar ki başınıza, aileniz de siz de mahvolursunuz," dedi. Ayağa kalktı "Güle güle," dedi. Sokağa çıkar çıkmaz pudriyerimi çıkarıp baktım, dudağım şişmiş, dişimden hafifçe kan sızıyor, yanağımın yarısı ağzıma doğru kıpkırmızı. Eşşoğlu eşekler, orospu çocukları, puştlar!.. Bildiğim bütün küfürleri saydım, okula giderken. Baktım kantinde kimseler yok. Yukarı çıktım, Tanpınar'ın dersine. Yahya Kemal'i anlatıyor kaç derstir.

Dün bezminizin bir ezeli neş'esi vardı
Saz sesleri tâ fecre kadar körfezi sardı
Vaktâki sular şarkılar inlerken ağardı
Bendim geçen ey sevgili sandalla denizden.

Eee ne yapsın yani, sen sandalla önünden geçmişsen, şimdi onun da seni sevmesi gerekecek değil mi? Hem sandal kimin sandalı? Yahya Kemal'in sandalı var mıydı acaba? Kaça almıştı? Parayı nasıl kazanıyordu? Küreği kim çekiyordu? Sevgilisi ne biçim şeydi? Kimin kızı, zengin mi, güzel mi?

* * *

Halit'in mektubu. Halûk'u çok iyi tanıyormuş. Birlikte sorguya çekilmişler, "Ondan uzak dur," diyor. Karşılaşınca sana uzun uzun anlatırım onu, gene kaçma lafları, bir de şiir.

* * *

Bütün insanlar birbirine bakıyorlar. Her yerde. Otururken, masada, derste, öğretmenle, arkadaşınla, o sana bakıyor sen ona. Ne geçiyor içlerinden. Bedri'nin mektubunu getirdi Meral bugün. Oturduk bizim evde. Bedri üç yıldır süren isteğini yeniliyor: "Konuşalım." Ne konuşacağız! Meral çok mutlu, sınıftan çıkıp Necat'a koşuyor, buluşuyorlar her gün. Birbirlerine de yetiyorlar. Ben hiçbir zaman böyle bir kız olamayacağımı sanıyorum.

* * *

Bir ara Kevser ve Ayten'le dertleştik. Kevser çok sıktı gene. Amma da para harcıyor üstüne başına, ben yılda iki ayakkabı eskitiyorum, onun çeşit çeşit, renk renk ayakkabısı var. Şeref'in hukukta son senesi, bitirince nişanlanacaklarmış. Şeref'in babası küçük bir memurmuş. Şeref avukatlık yapmayacakmış, Kevser'in babasının yanında çalışacakmış. Sene sonunda Kevser de okuldan ayrılacakmış. "Şimdi ayrılırsam Şeref'i göremem, yalnız kalırsa burada başkası tavlar onu," diyor. Ayten de gene yeni bir flört bulmuş, tıptan bir çocuk, çayda tanışmışlar.

* * *

Suç ve Ceza'yı okuyorum. Müthiş insanlar. Bedri karşıma çıktı bugün; biraz oturup konuşalım diye tutturdu. Gitmedim. Bu çocuğun gözleri, başları kopuk eşekarıları gibi, iğnelerini çıkarmış fır dönüyorlar her yanımda. Bu çocuk seksapelli denilen erkeklerden! Kevser okula gelmedi. Şeref geldi, onu bulamayınca deli gibi oldu.

* * *

Kevser gene gelmedi. Şeref bekledi gitti. Ben Kevser'in yurduna gittim. Zatürree olmuş, Şişli'ye teyzesine gitmiş. Kalkıp oraya gittim. Babası da gelmiş. Şeref'e benimle bir mektup gönderdi Kevser.

* * *

Bugün dersten sonra sinemaya gittik Ayten'le. Chopin'in hayatı oynuyordu. George Sand'a hayran oldum. Ne kadın! Annem hakaretlerle karşıladı beni. Dil dersine girdiğimi söyledim. Yutmadı, "Okul değil orası umumhane," deyip durdu. Babamın geleceğine yakın "Ah başım!" diyerek yattı. Ne acayip kadın, benim bir suçumu kesin olarak yakaladığından eminse söylemiyor babama, saklıyor. Saatlerce babam ha şimdi çıkıştı şimdi çıkışacak diye bekledim. Anlatmamış geç geldiğimi. Babam da çok aptal, onu sahiden hasta sanarak koşuştu durdu bütün gece. Dereceler aldı, nabzını saydı, kendi eliyle yemeğini yapıp yatağında yedirdi. Hiçbir şeyi yok oysaki, eminim. Ateşi de çıkmadı işte. Sanki bana, senin yüzünden yataklara düştüm demek istiyor, o arada babamı kullanıyor. Yemekten sonra seslendi annem: "Bize birer kahve yap," dedi. Yaptım, bulaşıklarını da yıkadım. *Suç ve Ceza*'ya çekildim. Babam yarın gidiyor.

* * *

Suç ve Ceza

* * *

Annem *Suç ve Ceza*'yı alıp sobaya attı. "Seni babana söyleyeceğim," dedi. "Sen her bokunu örterim sanıyorsan, yanılıyorsun, ders diye beni kandırıp roman okuduğunu söyleyeceğim..." "Söylersen söyle," dedim, ben de. Aaa, yeter be!..

* * *

Bugünkü olaylar korkunç:

Bugün Şeref okula geldi. Kevser'i sordu. Anlattım. "İyileşiyor, kalkınca gelecek sana, bu mektubu gönderdi," dedim. Mektubu aldı, "Boş ver," diyerek cebine attı. Bahçedeydik. Birdenbire ayaküstü bana ilan-ı aşk ediverdi. Doğrusu çok şaşırdım. "Kevser'i birkaç gün göremeyince bu korkunç gerçeği anladım," dedi. Bunu bana söylemekten ne umduğunu sordum. "Söylemeyecektim ama duramadım, senden hiçbir şey beklemiyorum," dedi. "Sen bunları bana söylememiş ol, ben de duymamış olayım," dedim. "Söylememem gerekirdi ama söylemesem deli olacaktım," dedi, suratını asmıştı. İçimde bir merak uyandı, ne ölçüde numara yapıyordu? Samimi miydi yoksa? "Peki neyimi seviyorsun?" dedim. Ağır ağır, "Sana ne, niye soruyorsun, senden aşk dilenmiyorum," dedi. Bu sözü hoşuma gitti. Değişik bir olay ilgimi çekti. Bu kez ben alttan aldım. "İstersen bugün asayım dersleri, çıkıp biraz konuşalım," dedim. Neden bilmem Lambo'ya götürdüm onu da. Şarap içtik. Hiç konuşmuyordu, küskün gibi ya da utanır gibi bir halleri vardı. "Başka bir yere gidelim," dedi. Hesabı ortak ödedik. Lambo'nun tam karşısında başka bir lokantaya girdik. Oturur oturmaz konuşmaya başladı: "Bilmiyorum, olacak iş değil ama, hatta bir ahlaksızlık bu, ama ne yapayım, anladım ki ben onu değil seni seviyorum. Günlerdir okula gelip sana görünmeden çıkıyorum. Kevser'i merak ettiğim yok..." Ben hep acaba benim neyimden hoşlandı bu diye düşünüyorum. Neyimi sevmiş olabilir? O hiç benden bahsetmeden Kevser'den ve kendisinden bahsediyor. Durmadan da şarap içiyor, gözlerini süzerek derin derin yüzüme bakmaya başladı. Acayip bir şey. Bunca zaman hemen hemen bir yıldır bir arada arkadaşça dolaşırken böyle olmasının sebebi neydi? İçimi bir suçluluk duygusu sardı, bir an önce kalksam diye düşünmeye başladım. O ara Şeref tuvalete gitti. Döndüğünde otururken cebinden fışkırmış kâğıt parçalarını, Kevser'in el yazısını gördüm. Mektubu helada gizlice okumasına içerledim. Tuttum kendimi ama. Bu kadar düzenbaz olabilir miydi? Gerek neydi? En ufak bir yakınlık göstermiş, umut vermiş değildim ona bugüne dek. Acaba aklınca beni kıskandıracak bir numara mı yapıyordu? Öyle de olsa karaktersizlikti bu. "Eee söyle bakalım Kazanova, bunları neden yapıyorsun?" dedim, anlamadı. Mahsustan yapmamıştı. "Böyle konuşma, benim sana saygım var," dedi. "Peki, neyime saygın var, neyimi, neden sevdin?" diye sordum. Hemen kandırdığını sandı, "Her şeyini, samimiyetini, tabiiliğini, dürüstlüğünü, vücudunu, çok güzelsin, onlara benzemiyorsun sen," dedi. "Sende olan şeylerin hiçbiri Kevser'de yok..." "Peki," dedim, "dinledim seni, şimdi ne yapmamı istiyorsun? Anladım, inandım. Kevser'i değil beni seviyorsun, peki şimdi ne olacak?" "Hiç!" dedi. "Hiç, anlatmak istedim." "Yaa!" dedim. Sustu. Sarhoşken bile çıkarlarını hesap etmeyi biliyordu. Aklınca hemen yanaşırım diye ağzından bir sözcük kaçırmamaya, bir vaatte bulunmamaya dikkat ediyordu. Kurnazlığa bak sen, pisliğe bak! Yarın Kevser gelince onunla işini yürütecek, zengin eve içgüveysi girecek ama, arada da benimle gizli ilişkilerini sürdürecekti. Ona büyük bir ders vermek istedim. "Ben de sana kendimden, sana olan duygularımdan söz açacağım," dedim. Sesimi bir gizli aşkın sesi gibi derinleştirdim. "Ben," dedim, "seni bir yıldır tanıyorum biliyorsun." Canlanarak zevkten ağzı yayılmış bekledi. "Ama senden hiç mi hiç hoşlanmamışımdır. Kevser'i severim, bu yüzden de bir arada olmaktan kaçınmadım. Ben insanlarda sevgili olmak için değil de arkadaşlık etmek için bile mertlik ararım, sende bu yok bir kez." "Dur," dedim, "sözümü kesme. Hem Kevser'in mektubunu burada açıkça okuyabilirdin, sizi kıskanacağımı mı sanıyorsun?" Kıpkırmızı kesilip elini cebine daldırdı. Onu kızdıracak biçimde uzun uzun güldüm. Ayağa kalktı. "Hesabın yarısını sen ödeyeceksin, sonra da adam gibi gidersin!" Masaya beş lira fırlattı, defoldu. Bok oğlu bok!

* * *

23

Bugün Bedri yoluma çıktı. Onunla konuşmayı kabul etmezsem kendini öldüreceğini söyledi. Gözlerini göğüslerimden çekemedi konuşması boyunca, mağara adamı gibi bir şey. Boyu bir hayli uzun bana göre, hızlı sıcak solukları saçımın tepesindeki telleri oynatıyor. "Bir başka gün çıkar konuşurum," dedim salıvermesi için beni. Eve gidince saçlarımı fırçaladım. Tepemdeki saçlar öylesine birbirine karışmıştı ki zor açıldı. Ne acayip bir olay be, ürperiyor insan.

* * *

Ayten'le birlikte Bedri'ye güzel bir oyun kurduk. Üçümüz birlikte çıkacağız. Ben bir şey bahane edip bunları yalnız bırakacağım. Ayten onunla içecek ve onu baştan çıkaracak. Gerçekten benden başkasını sevip sevmediği belli olacak. Sevmiyorsa bu iş biter, kurtulmuş olurum. Hoşlanmıyorum ondan ama elbette bu sınavı kazanması gözümde yükseltir onu. Belki de şu bizim zar parçasını ona armağan ederim. Bu iş için biçilmiş kaftan aslında.

* * *

Kevser gelmiş. Bugün kantinde onu görünce hemen yanına gittim. Adi kız, bana dönüp "Ne o burada Şeref'i mi bekliyorsun gene?" diye sormaz mı? Ne oldum bilemiyorum. Nasıl düşüp bayılmadım. Ağlamadım haykıra haykıra. Bütün bunlar içimden geldiği halde, nasıl tuttum kendimi. "O kadar çok seviyorsan ben çekileyim de sana bırakayım onu," dedi. Namussuzlar! Bütün soğukkanlılığımı topladım. Hiç aldırmıyormuşçasına, tane tane konuştum. "Yanlış anlatmış sana, yalan," dedim. "Bunca erkek varken arkadaşlarının sevgililerini mi ayartıyorsun?" dedi. "Terbiyesizlik etme," dedim... Dinlemedi bile, hırstan gözü dönmüş, kan boğacak neredeyse basmacının kızını. Güya ben Şeref'e âşıkmışım da o da bana acımış, avutmak için bir kerecik konuşayım demiş, ben Kevser'in mektubunu neden okudun diye kıyameti koparmışım!.. "Bak," dedim Kevser'e. "Seni kandırıyor bu it. Bahçenin ortasında beni görür görmez, seni değil beni sevdiğini söyledi, ben onun gibi alçak ruhluların yüzüne bile bakmam." Bir çıngıraklı kahkaha attı; üvey anasından öğrenmiş herhalde! Babamı kahkahalarıyla büyülüyor deyip duruyordu. "Onun şerefi varsa yüzleşelim," dedim. "Senin ne mal olduğunu bilmeyen mi var ayol, Şeref ilan-ı aşk edecekmiş sana ha, sen Halûk gibi orangutana bile çoktan fitsin ama, derdin bizi ayırmak," dedi. Söyleyecek bir şey yoktu. Geriye, üzerine saldırıp saç saça baş başa kavga etmek kalmıştı. Çıktım gittim oradan. Arkamdan üvey anasının kahkahalarından birini daha attı. İnsanların, Şeref'in, Kevser'in bu denli alçalabileceklerini ilk kez görüyorum. Kantindeki öteki öğrenciler de duydu her şeyi, bir daha nasıl bakacağım yüzlerine. Nasıl çıktığımı bilmiyorum oradan, kendimi Lambo'da buldum. Haydar da oradaydı. Çok iyi bir çocuk Haydar. "Bir sıkıntın var senin, anlat bana, bir yardımım olursa seve seve yaparım," dedi. Ne anlatayım ona. Ya o da benim karakterimden şüphe ederse?.. Dünyada en çok nefret ettiğim, en yapamayacağım bir rolle suçladılar beni!.. Alçaklar; nefret ediyorum onlardan!..

* * *

Bir haftadır okula gitmiyorum. Evdeyim. Sınavlara çalışıyorum. Bazen okula diye gidip Lambo'ya uğruyorum. Bir de iş arıyorum bizimkilere çaktırmadan. Halit aşk mektupları yazmaya başladı. Ama onunkisi aşktan çok edebiyat yapma merakı. Anlıyorum onu. Kasvetli bir Doğu kasabasında sürgün bir genç adam elbette ilk rastladığına âşık olacak. Benim yerimde başkası olsaydı onu da sevecekti. Yazdıklarından sinirlerinin çok bozuk olduğu belli. Kendine bir şey yapmasın-

25

dan korkuyorum. Hapiste bir kez denemiş bunu, bileklerini kesmiş. Onunla öyle büyük bir dostluk var ki aramızda... Bana duyduğunu söylediği sevgiyi sanki başkasına duyuyormuş gibi okuyorum mektuplarında; bir roman okur gibi. Objektif bir görüşle çözümleyebiliyorum. Benden başka kimsesi yok biliyorum, sevecek, yazacak. Ben de ona içine cinsel bir vaat koymadan dost mektupları yazıyorum. Benim için çok önemli Halit. O beni yıkarsa ayakta durmam güçleşir sanırım. Bazen dönüp kendime bakınca, öyle umutsuz, çaresiz, acınacak durumda görüyorum ki kendimi, gözlerim yaşarıyor. Ama içimde bir güç var, ötekilerin haksız, benim haklı ve doğru olduğuma inanıyorum. Bu güç ayakta tutuyor beni. Sonra Halit, Haydar da var. Biraz da Meral. Meral'e Şeref ve Kevser'in yaptıklarını anlattım, biliyor işin içyüzünü, konuşmuyor onlarla. Halit'e yazdım. "O puşt burjuvalara yanaşma kurban," diyor, "üzerler seni; anlayamazlar benim tek bir kızımı." İşte böyle birkaç sözcük ayakta tutuyor beni.

* * *

Bugün okula uğradım. Doğru derse girdim. Bizim İngiliz Kaknem'in dersine. Tam Ayten'le okuldan çıkarken, Bedri yolumuzu kesti. Ayten'e biraz beklemesini söyleyip Bedri'yle konuştum. Yarın, "Yalnız olmamak şartıyla gelirim. Ayten de olacak," dedim. Razı oldu, bakalım yarın ne olacak.

* * *

Hah hah hah hah hah... Sevsinler sevsinler... Hah hah hah. Bayıldım, bayıldım olanlara. Bedri'yle Trianon'da buluştuk. Ayten de tabii. Galatasaray'da bir pastane burası. Kimsenin aklına gelmez bir sokak içinde. Ayten'le gidip oturduğumuzda, Bedri, kıza hiç bakmadan gene beni gözleriyle yemeye başladı. Arada bir küskün nazarlar fırlatarak bir şeyler demek istiyordu. Sonra Ayten kalktı soyundu. Yani paltosunu çıkardı. Öyle bir çıkarış ki donsuz kaldı sanırsın. Nazla, kıvrıla kıvrıla bir tuhaf şey. İçinden itfaiyeci kırmızısı bir kazakla gene kırmızı daracık bir etek çıktı. Belinde de kara bir kemer. Kırmızı etekliği nasıl olup da akıl etmiş, üstüne para verseler giyilmez bir şey. Neyse, kazak öyle dar ki göğüslerinin ucu belli oluyor. Dikkat ettim, sutyen takmamış. Benim oğlanın gözü de bir takıldı, ondan sonra da ayıramadı zaten. Dudaklarını aynı kırmızıdan bir rujla boyamış Ayten. Sık sık yalıyor ve Bedri'yi kaçamak bakışlarla süzüyor. Arada bir de bana göz kırpıyor. Bir ara Bedri'nin ne kadar geniş omuzları olduğuna şaştı kaldı, parmak uçlarıyla omzuna dokundu ve sanki ateşe değmiş gibi elini çekti, ardından "Hayret!" diye ürperdi, sesi bir tuhaf, boğuk çıkıyordu. Ben bile doğru mu söylediğini yoksa o konuştuğumuz numarayı mı uyguladığını anlayamadım. Bedri gayri kabardıkça kabarıyordu. Az sonra sandalyesini salt Ayten'i içine alan bir açıya soktu. Ve bir daha da bana bakmaz oldu. Bozuldum doğrusu. Ayten bir ara tuvalete kalktı. Ne kalkış, belini çevire çevire yürürken, poposunu öyle bir oynatıyordu ki Bedri değil ben bile gözlerimi ayıramadım ardından. Yalnız kalınca Bedri'ye baktım. O da bana baktı bir kaşı havada, ne bakış; anladın mı ben kimmişim gibilerden, tam bir boksör parçası bok. Yıllardır boks dersi alıyor Eminönü Halkevi'nden. Hani albay babası onu dövse, bir vuruşta öldürecekti ya. Ne iyi etmişim de yüz vermemişim ona bunca yıldır. Bir kelime söylemedim kız dönene kadar. Oyun tutmuştu. Ayten döner dönmez "Aaa çocuklar bugün perşembe değil mi, annemle ayakkabı almaya çıkacaktık, unuttum, siz oturun," diye fırladım. Ayten'e göz kırptım, o da bana kırptı. Bedri götüreyim seni bile demedi. Ayten, "Hadi koş şekerim, biz biraz daha oturalım bari," dedi. Bakalım arkası ne olmuş, yarın anlayacağım.

* * *

Her şey umduğum gibi olmuş. Ben çıkar çıkmaz Bedri Ayten'e çılgın gibi vurulduğunu, tutulduğunu söylemiş. Benim için "Onu sevdiğimi sanıyordum ama değilmiş, meğerse senin gibi birini arıyormuşum," demiş. "Aklımı başımdan aldın" diyormuş. Garsonların olmadığı bir sırada kızın bileğini kapıp öyle bir öpmüş ki yeri duruyor, gördüm. Öpmemiş de ısırmış sanırım. Sonra Ayten'den randevu istemiş. Ayten de "Ben başkasıyla konuşuyorum, hem arkadaşıma karşı çok ayıp olur," falan demiş. "Kiminle flört edersen et, şimdiye kadar başından ne geçmişse geçmiş önemli değil," demiş Bedri. Ayten'e "Biliyorsun bu oğlandan ben hiç hoşlanmamıştım, bana ayıp olur diye düşünme sakın," dedim, "iyi çocuktur aslında." "Aaa yok canım öyle şey olur mu" falan dedi. Doğrusu Bedri'yle alay edip ayrılmasını çok isterdim ama sandığıma göre o da hoşlandı Bedri'den. Hem zaten ne zamandır "esaslı bir flört" arayıp duruyor, bundan esaslısı da olamaz bu kız için. Nedense kıskançlığa ya da iğrenmeye benzer bir duyguyla sarsıldım ondan ayrılırken bugün. Çocukluk arkadaşım benim Bedri. Sen tut on yıldır benimle uğraş sonra bir saatte başkasına tutul.

* * *

Bugün gazetede bir ilan gördüm, gittim. Karaköy'de Mum Han'da bir iş buldum. Bir yazıhanede telefona bakacağım. Bu telefon paralel. Patron da genç, gözlüklü bir adam. İş şöyle: Patron ve ben her gün gelecekmişiz, ben telefon çalınca kim olduğunu soracakmışım o da öteki telefondan dinleyecekmiş, adını söyleyen adamı beğenirse bana göz kırpacakmış o vakit ben telefonu kapayacakmışım o konuşacakmış, adamı beğenmediyse o kapayacak, ben, burada yok ya da henüz gelmedi, bir saat sonra arayın falan diye atlatacakmışım adamı, tabii işaretleşebilmek için tam karşısında bir masaya oturacakmışım ki göz kırptığını anlayabileyim, bu iş için ayda 200 lira verecek-

miş bana sabahtan akşam 5'e, arada hiçbir yere çıkmayacak-
mışım. Yemeği de orada birlikte yiyecekmişiz, yemek için 30
lira kesecekmiş aylığımdan. Amma da acayip iş. Ne iş yaptığı-
nı bir türlü söylemedi adam. Durmadan "Beni ararlar," diyor.
İşi aranmak olan bir adam. Yazıhane de tutmuş aranmak için.

* * *

Lambo'ya uğradım, mektup yok. Kimseler de yoktu. Bi-
raz sonra Ozan M. S. geldi. Oturdu tek başına. Lambo nez-
le olmuş, sivri burnunun kıpkırmızı ucunda da bir damla sü-
mük sallanıyor. İçim bulandı. Şarap doldururken de bardağı
tam burnunun altında tutuyor. Ozan M. S. insanlardan ya
da kızgınlıklarından anlatıyor. Öfkeli bir şey bu adam, aca-
yip tikleri var. Sakat gibi bir şey. Büyük bir ozanmış gibi beni
etkilemeye çalıştı. Tikleri, aç aç mezesiz içmeleri –parası var
oysa–, büyük sözlerle konuşması, ikide bir Fransız ozanla-
rından dizeler söylemesi gözlerimi kamaştıracak sanıyor. Son
numarası toplumcu gerçekçilik. Ağzından düşmüyor bu söz,
"sosyal realizm", realist olmadan sosyal olunabilirmiş san-
ki. Hiç de iyi bir şiirine rastlamadım daha. Ortalama memur
şiirleri işte. Varlık'a yazıyormuş. Diline bir söz dolamış: "Kı-
lıca lokma yapmalı bunları, kılıca lokma!" Lokma yapacak-
ları da kendisi gibi ozanlar.

Bir süredir sınavlara giriyorduk. Geçmişim. Kevser'le kar-
şılaştıkça tüylerim diken diken oluyor. Hiç konuşmuyoruz.
İşin tuhafı aramızda geçenleri kimseye anlatmamış. Ayten'e
bile. Meral'in ağzını aradım, bir şey söylemedi diyor. Şeref de
eskisi kadar sık gelip gitmiyor okula. İlk günler karşılaşsay-
dım ağzının payını verirdim onun ama, şimdi bazen uzaktan
ikisini kapıdan çıkarken görüyorum da, kızgınlık değil acım-
sı bir boşluk duyuyorum.

* * *

29

İnsanlar, insanlar, insanlar. Şimdi salt insanlar ilgilendiriyor beni. Ne büyük bir zenginlik. Yeni bir insan tanıyınca başım dönüyor. Nasıl olduğunu, neler yapabileceğini anlayana kadar. Başımı döndürüyor gerçekten insanlar...

* * *

Dostoyevski'nin hemen hemen bütün kitaplarını okudum, çıkmış olanları. Ne kadar büyük bir yazar. Ve ne kadar doğru tanıyor insanları. Onun da ilgisi benim gibi insanlarla. Hiç şiir yazmıyorum artık, insanları, bu uçsuz bucaksız insanları şiire sığdırmak olası değil. Şiiri, sanatı böyle anlıyorum bu sıralar; içi insan dolu bir kuyu sanat.

Bugün "O"na rastladım Beyoğlu'nda. Meral Necat'la bir resim sergisinden çıkmıştı. Necat'la konuştular, bana bir selam verdi kaşla göz arasında, bir selam. Kitaplarını okuduğumu falan söylemek, konuşmak geldi içimden, ağzımı açtırmadı. Necat'la konuşması biter bitmez kaydı gitti. Bayağı kaydı, uçtu sanki.

* * *

Halûk çıktı. Bahçede karşılaştık. Vaktinden önce çıktı hem de. Koşup boynuna sarıldım, yanaklarından öptüm. Utanır gibi oldu. Bahçenin köşesinde bir taşa oturduk. Bana teşekkür etti. Olanları anlattım. Bir daha oraya gelemeyişimin nedenlerini, polisi falan. "Biliyorum," dedi, "sen sana düşeni yaptın." Ömer Ağabey'i de tutuklamışlar. "Polise hiçbir şey söylemedim," dedim. "Biliyorum," dedi gene. Ama sanki bir suçum varmış gibi ya da olayların anlattığım gibi geçtiğine inanmıyormuş gibi bir tavır takınmıştı. Gücüme gitti. Sustum. Sonra Ömer Ağabey'in Salih olduğunu söyledim. "Onu da biliyorum," dedi. Olayları açıklamasını, "beyaz karga"nın ne olduğunu anlatmasını bekledim. Hiç oralı olmadı. Soracaktım ama merak etmenin basitlik olacağını düşündüm. "Sen sana düşeni yaptın," dedi işte. İstese anlatırdı. Neyse neydi beyaz karga, bunu bilmenin hiçbir yararı yoktu davaya. Ama Halûk'un davranışlarındaki güvensizlik dokundu bana. Acelesi varmış gibi hemen kalktı, dersine gitti. Ardından bakakaldım.

* * *

Necat Meral'den ayrıldı. Necat zengin bir kız aldı, içgüveysi girdi. Kızın anası sermaye vermiş Necat'a bir mimarlık bürosu kurmuş. Necat "Biz savaşın bize düşen kadarını yaptık, sefaletimizi çektik yeter, şimdi de bizden sonrakiler uğraşsınlar," diyormuş. Bedri'yle Ayten iyice sevişiyorlar. Meral Bedri'yle Ayten'in yatıp kalktıklarını söyledi. Bedri onu bir arkadaşının garsoniyerine götürüyormuş. "Ama ondan bıktı galiba, gene seni sormaya başladı," dedi, "bu yıl okulu bitecek, doktor olacak, barışsanız iyi olur." "Ben dargın değilim ki," dedim, "ama o iş ayrı. Bedri'yle anlaşamayız biz boş ver." Çok iyi bir kız bu Meral. İçi dışı bir. Lambo'ya gidiyoruz onunla gene. Sevgilisiz kalınca daha iyi oluyor, uyuyor bana. Her türlü haşarılığı yaptırabiliyorum ona. Benim hakkımda okul ve Lambo çevrelerinde dedikodular dolaşıyor. Bu dedikodular biraz da hoşuma gidiyor. Yapmadığım her şeyden suçlanmak. Ne enayice şeyler, ne gülünçlük. Dedikodulardan insanların yeni yeni yanlarını öğreniyorum: şaşırtıcı, açıkgöz, iyiliksever, hiçleyici, bencil. Yapamayacakları, yapmayacakları yok. Annem daha bir kendini tutar oldu. Kendini dersem dilini tutuyor sadece. Ama yaptığım her harekete karşı olduğunu belli ediyor gene. Omzunu kımıldatarak, parmaklarıyla bir yerlere tıp tıp vurarak ya da soluğunun ritmini değiştirerek. Ama razıyım, gizli bir anlaşma var aramızda artık. Beni kabul etmeden bana razı oluyor. İş aramaktayım. Ve vücudumun tılsımlı perdesinden beni kurtaracak kimseye rastlamadım henüz.

* * *

31

Şimdiye değin Lambo'da birçok sanatçıyla tanıştım. Tanımadığım UÜVYZ'dir çok çok. Onlara ne vakit şiirden, siyasetten söz açsam, ne vakit onlarla insanlık gereği bir dostluk kurmak istesem ya da bildiğim bir konu üzerinde ciddi olarak tartışmaya yeltensem alaylı, takılmalı bir havaya girdiler; sözleri, konuyu boğuntuya getirip işi ya sululuğa ya da kavgaya döktüler. Ne vakit iş aradığımı, yardım edip edemeyeceklerini sorsam, kaçtılar. İçlerinden hiçbirine sanat dışı, insan merakı dışı bir ilgi duymadım, açıkçası erkek oluşları hiç ilgilendirmedi beni. Onlar hakkında aşağı yukarı iki yıllık bir deneme sonucu vardığım karar şuydu: Olduklarından büyük görünmek istemek. Ya öteki davranışları? AB, BC, DF kendilerine asıldığımı ama bana yüz vermediklerini söylüyorlarmış. Haydar, erkek erkeğe kaldıklarında aralarında geçen konuşmaları anlattı bana. Hele bir tanesi kendisine düpedüz hazır olduğumu söylemiş. Hazır. Neye? Hay allah kahretsin! Geçende biri de beni garsoniyerine götürmüş. R. R. garsoniyer kendisinin değilmiş de M. E.'ninkine gitmişiz. İşte bugün bu M. E.'yi yakaladım. Adamla hiç de bir tanışıklığım yoktu. Sadece hikâyeler yazan biri olduğunu biliyorum. Tüm soğukkanlılığımı topladım. Tezgâha, yanına oturdum. Bir bardak şarap aldım Lambo'dan. "Beyefendi," dedim, "R. R.'ye garsoniyerinizin anahtarını vermişsiniz, o da beni oraya götürmüş, sağda solda söylüyormuşsunuz." Bunu kulağına yakın hafif bir sesle terbiyeli terbiyeli sordum. O da "Evet," dedi, kibar kibar, "evet söyledim, R. R. sizi götürmek üzere anahtarı istediydi benden." "Yalan söylüyorsunuz," dedim. "R. R.'yi çok iyi tanırım, namuslu bir ozandır, böyle bir yalan söylemiş olamaz size." Ve işte o anda R. R. girdi içeriye. Beni gördüğüne çok sevinmişçesine elini uzattı. Elimi vermeden, "Bir dakika," dedim, gene terbiyeli terbiyeli. "Siz beni bu beyin evine götürmüşsünüz öyle mi?" R. R.'nin yüzü allak bullak oldu birden, "Ne münasebet, neden götüreyim sizi?" diye kekeledi. "Neden götürdüğünüzü bilmiyorum ama gitmişiz!" dedim. Lambo kıs kıs sırıtarak dinliyor ama, hiç bakmıyor yüzümüze. R. R. "Ben mi sizi götürmüşüm?" diyerek M. E.'ye baktı; yapılır mı bu der gibi bir bakış. "Evet, siz!" diye direttim. "Estağfurullah efendim, hâşâ ben sizi doğru dürüst tanımam bile, hem ne münasebetsizlik bu efendim!.." "Beyefendi siz beni tanırsınız ben de sizi tanırım, burada birkaç kez karşılaştık konuştuk, hatta bana kitaplarınızı imzalayıp verdiniz bir okuyucu kazanmak için, hatta ben size şiirlerinizi pek sevmediğimi söyledim bir gün gene şurada, bunun üzerine mi siz beni garsoniyere götürdünüz?" "Evet, yani hayır bu dedikleriniz oldu işte o kadar!" dedi. M. E. "Şimdi ben mi yalancı çıkıyorum, bana böyle söylemiştin," dedi saf saf. "Ben sana başka birinden söz etmiştim," dedi R. R. "Öyle olsun," dedi M. E. Doğrusu M. E. oldukça açık bir insan, R. R. gibi değil. Ben arkamı döndüm, az sonra çıkıp gittiler.

— Ayıp değil mi Mösyö Lambo, benim buraya erkek aramaya geldiğimi mi sanıyorlar?

— Eh, erkek bunlar, erkekler böyledir.

— Yani bana annenin dizinin dibinden ayrılma mı demek istiyor bu yobazlar, beni bir arkadaş olarak göremezler mi, ya da bir kız kardeş gibi?

— Olmaz bre kızım, nasıl olur, erkek bunlar, sen onların kız kardeşi değilsin ki!..

* * *

Eve dönerken bu olaydan doğru bir sonuç çıkarmaya zorluyordum kendimi. Saray Kitabevi'nin önünde bir koca herif arkamda, "100 lira, 100 lira" diye plak gibi tekrarlıyor, bir önüme geçiyor bekliyor bir ardıma sokuluyor, başında kasket, ayağında çamurlu lastikler, sakalları uzamış, yarı haydut yarı hırsız bir şey. Kızmadım. Bununla o bizim Türkiye'nin beyni demek olan R. R. gibilerin arasında kadına bakma açısından ne fark vardı? Hiç. Bence hiç. Ötekiler bin kat suçlu bunun yanında elbette. Adam bir ara yanıma geldi ve ceketinden kâğıt bir paranın ucunu çekip gösterdi: "100 TL." Güldüm. O da sırıttı. Acaba perdeyi bu adama bağışlasam mı? Bir daha baktım iyice sokuldu, yürümeye başladık. Iıh midem kaldırmadı. Tam Taksim'deki polise yaklaştık, "Gel bakalım derdini bu polise söyle," dedim, adam hızla dönüp uzaklaştı. Halit burada olsaydı. Halit bunlar gibi değildir. Adam evladıdır o, burada bugün olsaydı...

* * *

Bugün okuldan çıktıktan sonra bir gazeteye uğradım. Bir gazeteci arıyorlar diye duymuştum. Yazı işleri müdürüne gittim doğrudan. Genç bir adam. Derdimi anlattım adama, ihtiyaçları olup olmadığını sordum, ilgilendi. İçeri dışarı girip çıktı, birilerine bir şeyler sordu. Oda kapısından iki üç baş uzandı, bana baktı çekildi. Sonunda o işe bir başkasını aldıklarını, ama başka bir iş çıkarsa bana haber vereceğini söyledi. Adresimi istedi. Eve mektup yazacakmış. Çıkmak istediğimde bırakmadı, kahve söyledi ve benim adımı duyduğunu anlattı. Adımı nasıl duymuş merak ettim. "R. R.'yle çok iyi arkadaşızdır," dedi, sırıtarak. "Anlaşıldı," dedim, çıktım.

* * *

Bugün "O"nunla karşılaştık. Burun buruna geldik. Durdum. Yanına geçip onun gittiği yöne doğru yürümeye ve konuşmaya başladım. O, ötekilere pek benzemeyen biri. Çoğuyla kavgalı. Artık şiir yazamadığımı söyledim ona, "Siz haklıydınız, şiirlerim iyi değildi," dedim, iş aradığımı da söyledim. "Kimseyi tanımıyorum ki," dedi. "Zaten ben de iş arıyorum." Ne garip adam, suratsız, insanlardan kaçıyor hep. Nasıl olmuştu da şiirlerimi okumak için Çardaş'a gelmişti bir vakitler, hem de hesabı ödettirmemişti bana, yarı yarıya bile... Ondan ayrılıp gene evin yolunu tuttum, baktım karşıdan Haydar geliyor. Baylan'a oturup çay içtik. Olanları anlattım; "Boş ver ona," dedi, "o sandığın gibi değildir." "Nasıl sandığım gibi?" "O kadınlardan hoşlanmaz." "Daha iyi ya, bundan sonra arkasını bırakmam, hiç olmazsa kadınlığımla uğraşmayacak birini buldum." Güldü. "Becerebilirsen aşk olsun," dedi. Ona tanıdığım sanatçıların çoğunun kaçık olduğunu ya da kaçık numarası yaptıklarını söyledim. Bir bölümü Fransa'dan aktarma derliyor, bir bölümü de zaten geri zekâlı dedim. "Evet hepsi de biraz kaçıktır," dedi. "Peki," dedim, "Türk edebiyatını bu kaçıklar mı yaratacaklar?" "Elbette onlar," dedi, "onlar ve senin gibiler." "Sen benim yazdığımı okumadın bile, berbat şeyler yazıyorum ben," dedim. "Onlar da berbat şeyler yazıyorlar," dedi, güldük. Ben kalktım, o başka bir masaya geçti. A. I. oturuyormuş orada. "Hadi git, sen de kızı garsoniyere götürdüm de!" dedim. Çok bozuldu. Söylediğime pişman oldum. "Biz seninle iki arkadaşız. Benden şüphe edersen bir daha hiç konuşmayalım," dedi. Özür diledim. Bana yapılanların etkisiyle çirkin bir şaka yaptığımı söyledim. Elini uzattı, "Biz seninle çok iyi dostuz, seni hiçbir erkek arkadaşıma değişmem," dedi. Teşekkür ettim. Ayrıldık. Ne kadar güzel bir şey söyledi bana. Mutluluğumsu bir hal aldım.

* * *

Halit'in mektubu geldi. Bundan önce yazdığı mektubu almamışım, anlaşılan Lambo'da kaybolmuş. Lambo'nun yapacağını sanmam ama herhalde oraya gelip gidenlerden birinin eline geçti. Neyse içinde saklanacak bir şey yokmuş. Ama Halit'in mektupları çok ateşli biter. Can, hasret, kurban, aşkım, bebem diye. Kim bilir ne anlamlar çıkaracak okuyanlar. Ona hemen şimdi yazacağım.

* * *

Meral'in babası ölmüş beyin kanamasından. Üç gündür gelmiyordu derslere. Sararmış biraz. Bahçede dolaştık, konuştuk, annesinin çok fena olduğunu söyledi. "Çok üzülüyorum," dedi. Bana öyle geldi ki hiç üzülmüyor, ama utanıyor bunu söylemeye. Hele lisedeyken babasının ölmesini ne kadar istediğini biliyorum. Aradan topu topu iki yıl geçmeden sevmeye mi başlamış, aynı babayı? Bedri'yi sordum, "Onun aldırdığı yok, onu bilirsin," dedi. Ayten'i sordum, Bedri'den ayrılmış. Ayten okula da gelmiyor. Bana yemin ettirerek bir sır söyledi: Ayten bir genelevde çalışıyormuş artık. Çok üzüldüm. Neredeyse ağlayacaktım. Bu kez o beni avuttu. "O zaten Bedri'den önce de öyleymiş," dedi. Hayret ettim. Nasıl olur. Yazık, iyi bir kızdı aslında.

* * *

Lambo'dan Halit'in mektubunu aldım ki!.. Sonunda kaçıyoruz. "Yurdumuzdan uzakça bir yere gidersem benimle gelir misin dostum? Tehlike var, yakalanmak tehlikesi, ama çok az. Başaracağız göreceksin. Başaracağız ve mutlu olacağız." Birlikte mutluluk, karıkoca mı acaba? Yoksa yukarıdaki dostluktan mı? "Biri daha var bizimle birlikte gelecek, ona da benim kadar güvenmelisin," diyor. Aklım başımdan uçtu. Ohh, elbette, elbette gideceğim. Burada ne var, benim arayacağım, beni arayacak ne var, kim var? Hemen yazdım ona. İstediğin an hazırım. Param yok ama son defa annemden alırım. Daha doğrusu çalarım. Bundan sonra bana yapacak olduğu masrafların yerine sayar. Komodinin gözündeki kumbarada birkaç yüz lirası var, biliyorum. Olmazsa oraya gidince çalışır kazanır gönderirim, öderim. Nereye gideceğiz acaba? Daha sonra yazacakmış. Çıldıracağım sevinçten. Anneme çaktırmamalıyım. Adamın gözünden anlar bir şeyler olacağını. Anlarsa da yandım demektir. Ha ha hay iyi bir ders vereceğim sana, zar bekçisi hanım, çok iyi bir ders.

* * *

Bugün Pendik'e Merallere başsağlığına gittik annemle birlikte. Annem ağlamaya dünden hazır, birlikte ağlaştılar. Bedri evdeydi. Meral, ben ve o birlikte oturduk yeni evlerinin L biçimindeki salonunda. Bedri'nin boyu büsbütün uzamış. Yakışıklı bir çocuk gerçekten, ama ben onun bu yanına hiç bakmadım bunca yıl... Onu görünce iki şey hatırlıyorum ve gülmem tutuyor. Biri annemin yaptığı mahlepli kurabiyeyi yiyince bana saldırarak öpen ağzı, öteki de Ayten tuvalete gittiğinde bana bakışı. Şimdi artık bakışlarında o eski küstahlık yok. "Boks çalışıyor musun?" diye sordum. "Eskisi kadar çalışamıyorum, dersler çok ağır bu yıl," dedi. "Ya şiir? Hiç görmüyorum dergilerde adını?" "Bıraktım, şiir yazmak kadınca bir şey..." Güldüm. "Sen yazıyor musun?" diye sordu. "Hayır," dedim. "Şiiri erkeklere bıraktım." Güldü! "Neler okuyorsun?" dedi. Saydım. Alaylı bir biçimde "Bunları Halit mi, Halûk mu salık veriyor sana?" dedi. Ödüm koptu annem duyacak diye, işaret ettim. "Duymaz," dedi, alçak bir sesle, ben de "İkisinden de yararlandım kitap konusunda," dedim. Meral'e kızdım ama, her şeyi gidip yumurtluyor demek ki ağabeyine. Gerçi biliyorum, Bedri kalleşlik edip anneme falan haber vermez ama, ne diye her şeyimi anlatsın ona... Dönüşte annem, Nazifanım Teyze'nin artık terzilik yapacağını, kocasından kalan parayla geçinemediklerini anlattı. "Allah başa vermesin, bizim başımıza gelse ne yaparız?" diye başına gelmeyen bir şey için ağlayıp durdu. İkide bir de "Bedri evladım, aslan gibi olmuş, bari doktor olunca anasına güzel gün gösterse. Erkek evlat başkadır. Allah bağışlasın," diye sızlandı durdu gene.

* * *

Yerler kanatlı karınca doluydu bu sabah. Bahar geldi gene. Hava ılık, bir hırkayla gitmeye başladım okula. Bugün Kevser'le koridorda karşılaştık. Yüzüme bakıp gülümsedi. Barışıklık isteyen gülüş. Görmezliğe geldim. Yok artık kızmıyorum ona, kızmıyorum ama yeniden arkadaşlık edemem bu kızla. Derste İncilay'la yan yana düştük. İncilay çok güzel resim yapıyor, defterine beni çizdi ve gösterdi. Tam beni yapmış, altına da "Who is the slayer who is the victim" diye yazmış. Çok şaşırdım. Yüzüne baktım. Hocayı dinler gibi kürsüye bakıyor. İncilay'ın nasıl bir kız olduğunu hiç bilmiyorum. Ne demek istedi acaba? Meraklandım. Çok geçmeden yeniden bir şeyler karalamaya başladı defterine. Bu kez ben uzanıp baktım. Hocanın, Sabri Esat'ın resmini yapmış, üzerine "My Love" yazmış. Gülüştük. Matrak bir kız anlaşılan. Ben de benim hakkımda bir şeyler biliyor sandım. Tatlı bir kız ama. İşte herhalde bu cins kızlar hem mutlu olur hem de mutlu kılar çevresindekileri. Bilmem öyle mi?

* * *

Bu sabah yerler yine kanatlı karıncalarla doluydu. O kadar çoktular ki ezmemek için dikkat sarf etmek gerekiyordu. Ama köşeye vardıktan sonra rast gele basmaya başladım üzerlerine. Ezildiklerini görmemek için de yere değil ilerilere, göğe baktım. Uçmak için yaratılmışlar herhalde, ama yerde sürünüyorlar. Ayaklar altında. Topraktaki deliklere girip çıkıyorlar zorlukla, kanatlarını koruyarak, kanat takmışlar. Ne tuhaf. Uçan karınca mı bunlar, sürünen kuş mu?

* * *

Lambo'ya uğradım. Halit'ten mektup. Hemen açtım, içinden bir zarf daha çıktı. Üzerinde "çok gizli" yazılı. Çantama koyup eve koştum. Annem kusuyordu. Anlaşılan hamile, aşeriyor. Oğlanlarda hiç aşermezmiş, kızlarda erermiş, anlaşılan bir çıtlık daha geliyor. Neyse, kim gelirse gelsin. "Bir şey istiyor musun?" diye sordum. "Git başımdan!" diye bağırdı. Günah üstünde yakaladım ya hanımı, utandı. Hay allah, bu kadar namuslu da beni nasıl doğurdu acaba? Zahir babamın bakışından gebe kaldı! Odama girdim, mektubu açtım; çok yakında, çok yakında gün ve saati bildirecekmiş. Önümüzdeki hafta içinde bir gün. Sanırım haftanın ilk günlerinde. "Sakın gelecek hafta sokağa çıkma canım," diyor, "ya telgraf çekerim," diyor, "ya da 'Uslu Hanım Çıkmazı' sokağını arayan birini göndereceğim, 20 yaşlarında, esmer, bıyıklı, kısa bir delikanlı. Annen çıkarsa dönecek. Yarım saat sonra gene çalacak kapıyı o vakit mutlaka sen açacaksın. Bir kâğıt bırakacak sana kurban can, her şeyi orada bulacaksın, tarihi, gidiş planımızı, alacağımız yolları, harita, yanına alacaklarını, buluşma yerimizi, sevgiyle. Kulun" diye imza atmış. Kul! Estağfurullah!

* * *

Bugün ilk ders başlamadan Meral'e yetişmek için erkenden okula geldim. İlk dersleri çoğun kaçırırım, akşam geç vakte kadar kitap okurum ve hep ikinci derse yetişirim. Meral'i zorladım, dersten çıkmadı. O sırada da Kaknem girdi içeriye. İster istemez kaldım. "Bugün okul yok, tatil yapacağız, müthiş olaylar var," dedim. "Bahar başına vurmuş senin," dedi. Arka sırada İncilay Mehmet'le yan yana oturuyor. Onları sık sık görüyorum, flörte başladılar herhalde, İncilay'a baktım, bıyık altı gülüyor bana. Ben de güldüm. Hemen defteri açtı, başladı karalamaya, kaldırıp gösterdi: Dallar, bahar dalları çizmiş, bir kocaman göz koymuş arasına bahar çiçeklerinin, altına da "Not that I like Kaknem less, but that I love spring more!" yazmış. Ne şeytan kız. Ders biter bitmez Meral'i sürükledim dışarıya, "Gidiyoruz," dedim. "Delirdin mi?" dedi. "Delirdim, evet hadi koş." Garip garip yüzüme baktı. "Şimdi hiçbir şey anlatamam," dedim. Köprü'den bir vapura bindik. Küçüksu'da indik, orada bir sandal kiraladık bir saatliğine. Müthiş güzel bir gündü. Bayağı yakıyordu insanı, Boğaz. Anadoluhisarı iskelesinin altında, postanenin açıklarında kürek çektik...

* * *

39

Burayı annem keşfetmiştir. Yazın haftada bir gün geliriz. Beşiktaş'tan bineriz vapura Anadoluhisarı'nda ineriz; iskelenin sağındaki parkı, kale dibinin o koca koca taşlı arka sokaklarını geç, küçük bir arsa ve denizi görürsün. Üç-beş çocuk sığ sularda yüzüyordur. Annem koca bir havluyla silindir biçiminde sarar beni, soyunurum, mayomu giyerim. Mayom annemin örmesi, renk renk, gırtlağa kadar kapalı, yarım paçalı acayip bir şeydir. Denize koşarım işte öyle annemin yarattığı bir deniz hayvanı gibi. O, orada taşlara serdiği bir yaygıya oturur, ince bej rengi pardösüsünü çıkarmaz üzerinden ve kapkara yağmur şemsiyesini açar güneşe. "Çok açılma. Akıntı var bugün gene, bu yana gel. Hadi artık. Ben havluyu hazırlar hazırlamaz koşacaksın. Bir iki üç koş." Döneriz.

İki ufak çocuk az ötede küçücük kırmızı bir sandalla dolaşıyordu. Meral'e orada anlattım. Meraktan ölecekti neredeyse. "Gelecek hafta yokum artık," dedim. Şaşırdı. Ha! Önce yemin ettirdim annesinin üstüne, kimseye söylemeyecek. Annesini çok sever çünkü, böyle yeminlere de inanır bu Meral. Bedri'ye de söylemeyecek. "Zaten söylesem engel olur, onun aklı sende," dedi. "Sen de gel," dedim ona. "Birlikte gidelim, biri daha var bizimle, sen de gelirsin, iki iki oluruz." "Halit'le yatıp kalkmak zorunda kalacaksın herhalde," dedi. "Zorla yapacağını sanmam ama, onu da göze alıyorum," dedim. "Ne de olsa biriyle bu iş olacak." "Sen?" diye sordum. "Ben bundan üç ay önce olsa takılırdım size," dedi, "babam ölmeseydi gelirdim, ama şimdi annemi böyle terk edemem."

Dümdüz güneşlenen ve mırıldanan bir deniz. Çapayı attık, sandalın kerevetlerine sırtüstü uzandık. Dalgalar hafifçe sallarken, sayıklar gibi konuştuk: "Daha kimse öpmedi bile bizi biliyor musun?" dedi Meral. "Necat?" "Hayır hiç olmadı. Bir kez sinemada öpmek istedi, çok korktum yapamadım." "Beni öpen oldu," dedim. "Kim?" "Ağabeyin Bedri?"

"Benden gizli seviştiniz mi?" "Yok canım küçükken bir kez saldırdıydı, yarım yamalak bir şeyler oldu." Kahkaha attı:

— Biliyor musun bir gece uykumdan kalktım, biri olsaydı kim olursa olsun. Ama kim olursa olsun diyorum anladın mı?

— Bakkalın çırağı? Bizim eski mahallenin deli İhsan'ı? Onlar harika kalırdı...

— Delirmişsin sen!

— Sana hiç olmadı mı, çıldıracak kadar arzulanmadın mı hiç?

— Hayır öyle bir istek duymadım, sevilmeyi istedim çok, ama gerçekten sevilmeyi istiyorum, değerli biriyle...

— Ben kız değilim!

— Atmaya başladın gene!

— İnanmıyor musun?

— Tuhaf bir şey uyduracaksın gene anlıyorum!

— İnanmıyorsan gel bak sana göstereceğim.

— Çıldırdın mı? İstemem! Sakın ha bakmam!

İkimiz birden doğrulduk.

— Kız değilim ben!

— Peki anlat kim? O uyuz bahriyeliler mi, lisedeyken?

— Hayır.

— Kim?

— Bedri!

Gözlerimi yumdum, yeniden sırtüstü uzandım, güneşe gözlerimi iyice açarak baktım, körleşene dek.

— İnanmadın mı?

— İnandım.

— Evde kimse yoktu...

— Anlatma.

— Anlatayım, birine anlatmalıyım. Ben banyodan çıkmıştım, bornozlaydım, belim ağrıyordu. Olduğum gibi bornozla uzandım yatağıma. İnliyordum. Ağabeyim geldi. "Neyin var?" dedi, anlattım. "Dur ovayım seni," dedi. İğrencim değil mi?

—Anladım olmuştur, doğru söylüyorsun, boş ver aldırma.

—İğrenmedin mi benden?

—Yooo... Şaşırdım biraz ama, şimdi o da geçti. Bu normal, yani insani bir şey, yani olabilecek bir şey...

—Günlerce yüz yüze bakamadık, konuşamadık. Sonra unutuldu. Sanki o olay aramızda geçmemiş gibi, eskisi gibi iki kardeş olduk...

—Tekrarlamadınız mı?

—Hayır.

Gözlerim açıldı. Karşı kıyıya vuran güneş Hisar'ın duvarlarını beyaza boğmuştu. Küçük oğlanlar sandallarını yaklaştırmışlardı bizimkine. "Abla göstersene göstersene," diye bağırıyorlardı. İkimiz de kalktık, dönüp baktık. Güldüm ben. Çocuğun biri donla öteki ceketle oturuyordu. Baktığımızı görünce yeniden bağırdı: "Abla ne olur göstersene." "Ne gösterelim?" diye sordum. "Oranı abla oranı ne olur." "Piç kuruları," diye söylendi Meral, gözleri yaş içindeydi. Ne yapacağımı bilemiyordum. Oğlanlar sandallarını yaklaştırmışlardı. "Yanaşın." Eteğimi kaldırdım, külotumu yan tarafından araladım gösterdim. Oğlanlar çığrıştılar. Meral "Utanmıyor musun?" diye bağırdı bana. "Utanmıyorum," dedim. "Hadi şimdi defolun!" diye bağırdım. Zinciri çekip küreklere yapıştım. Utanmamıştım. Meral'in utancını hafiflettim sanıyordum. Ne düşüneceğimi bilemiyordum...

* * *

Meral bugün okulda yoktu. Lambo'ya uğradım. Ozan A. ile N. oturuyorlardı. Ben girince kanlı gözleriyle pis pis baktılar bana. Ben de selam vermeden geçip köşeye oturdum, Lambo'nun uzattığı şarap bardağını aldım, yudumladım. Ozan A. gözünü dikmiş bakıyordu, göz göze geldik. "Sen kendini ne sanıyorsun?" dedi. Hiç sesimi çıkarmadım. Çok içkili oldukları belliydi. Lambo bir şeyler olacağını sezmiş, tezgâhın arkasına sinmişti. Kiliseye pazar ayinine gelmiş ufak bir oğlanı andırıyordu. A. yeniden "Sen kimsin yahu, kim oluyorsun?" diye bağırdı. "Ben bir şey değilim ama, siz de değilmişsiniz, oysa ben sizi bir adam sanıyordum!" dedim. A. taburesinden fırlayıp üstüme yürüdü. N. yakaladı onu, kan beynine sıçramış, bağırıp çağırıyordu: "Şu küstaha bak! Söylediği lafa bak! Hadi çık git buradan, hadi ne arıyorsun burada, mademki biz adam değilmişiz ha?" "Sen kim oluyorsun da benim nerede oturacağıma karışıyorsun?" dedim. "Karışırım, istemiyoruz seni burada, defol hadi!" "Gitmiyorum, senin haddin mi beni kovmak, senin keyfine göre mi yaşayacağımı sanıyorsun? Sen mi benim hayatımı yöneteceksin, hangi hakla?" "Çık git be karı! Şırfıntı, insanı günaha sokma!" "Şırfıntı senin kız kardeşindir it herif. Senin itliğin sökmez bana, alkolik!" Ayağa kalktım. "Bu kapıları bana Atatürk açtı softa herif anladın mı, Atatürk açtı bu kapıları bana, sen kim oluyorsun da yeniden o karanlık deliklere tıkmaya kalkıyorsun Türk kadınını ha?" Birden donmuş gibi kaldı. "Ayıp sana ayıp, ben de senin şiirlerini severdim," dedim. Gerçekten de ne güzel şiirleri vardı itin. "Yanılmışım," diye ekledim, "senin gibi bir adamın iyi şiir yazması imkânsızdır. Sahtekârlık sizin yaptığınız, adalet, özgürlük, eşitlik sözleri altında softalık ediyorsunuz." Lambo, "Yapmayın bre kuzum, gelecek bir polis şimdi kapayacak burayı, susun bre..." deyip duruyordu. Polis gelmedi ama kapı aralandı, Haydar girdi. "Ne var, ne oldu?" dedi. Yok Haydar'dan yararlanacak değilim. "Hiçbir şey yok," dedim ona, yumruklarını sıktı, iriyarıydı Haydar, bir yumrukta ikisini de yere serebilirdi. Kuvvetli olmak iyi bir şeymiş diye düşündüm ilk kez. A. "şiirlerini severdim" lafını duyar duymaz değişmişti... Lambo'ya "Doldur şunu," diye uzattı bardağını. Haydar A.'nın üzerine eğilerek "Senin derdin ne ahbap?" diye kükredi. Bir elini yumruk yapmıştı. Yumruk yaptığı eli tuttum, "Boş ver, gel çıkalım, ben zaten gidiyordum," dedim, "onların derdi kendileriyle, zavallı insancıklar işte." Haydar elini benden kurtardı. Doğruldu, A. pısmıştı. "Tövbe tövbe," diye mırıldanıyordu. Kapıyı açtım. Lambo'ya "Parayı yarın öderim," dedim. Haydar'ı dışarıya çektim. "Atatürk," dedim çıkarken, "bizi rahat bırakacaksınız diye size de genelevler açtı, ama cebinize oraya gidecek parayı koymayı unuttu." Kapı kendiliğinden örtüldü. Haydar bir kahkaha attı. Yüzüme baktı sonra hızla parmaklarını çekti elimden. "Teşekkür ederim sana," dedim, "sen gelmesen ne yaparlardı bilmem, ikisi de fitil gibiydi." "Gel Baylan'a oturalım da bir şeyler içelim, sinirlerin yatışsın," dedi. Baylan'a yürüdük. Ona –onun en iyi dostum olduğunu anladım artık– birisiyle kaçacağımı açtım. Kimseye söylemeyeceğine söz aldım. "İyi düşündün mü? Tehlikeli, her şeyi göze aldın mı?" diye sordu. "Evet," dedim. "Seviyor musun onu?" dedi. Durdum. "Bu konuda kati bir şey bilmiyorum, ama onunla birlikteyken keyfim yerine geliyordu. Bir de ona güveniyorum. Doğrusunu istersen bu işlerde hiç de göründüğüm gibi değilim yani, deneylerim olmadı," dedim. Elini uzatıp tepemdeki saçları okşadı ve çekti. "Demek ki seni bundan sonra göremeyeceğim," dedi. Durdu. "Öyle bir çocuksun ki," dedi. "Afacan bir çocuksun." Gene durdu. "Bir şeye ihtiyacın olursa bana haber ver, neredeysen yaz bana, çağır beni, gelirim." Kalktı, "Seni geçireyim bugün," dedi. Birlikte bizim evin köşesine kadar yürüdük. Oradan koşarak kapıya geldim, zili çaldım, başımı çevirip köşeye baktım; kocaman fötr şapkası, kara gözlükleriyle bana bakıyordu. Ürperdim! Annem açtı. Havvanım Teyze'yle oturmuşlar; kahve falı bakıyor Havvanım. Odama girdim. Şimdi burada gülmek ve ağlamak birden geliyor içimden. Ama hayır ağlamayacağım, ağlatamayacaklar beni, direneceğim, gene gideceğim oraya... Bu canavarları, insan küçültme, insan kirletme kampanyasından elleri boş döndüreceğim, göstereceğim onlara. Teşekkür ederim sana Halit, teşekkür ederim sana Meral, teşekkür ederim sana Haydar. Sizler olmasanız ayakta duramazdım bugün.

* * *

Okula gittim, Halûk'la karşılaştık. Şöyle uzaktan yarım kafayla bir selam verip seğirtti. Piçe de bak! Sanki daha birkaç ay önce onun yüzünden tokat yiyen ben değildim. Saygısız, saygısız da değil de nankör! Katır, domuz, fare, kurbağa, çıyan, bok!

* * *

Bugün gene okula gittim. Artık son günüm bu. Yarın cumartesi, öbür gün pazar, daha öbür gün de pazartesi. Beklemeye başlayacağım. Okulun her yanını gezdim Meral'le birlikte. Girmedik derslere. Kantini, bahçeyi, kitaplığı, merdivenleri, merdiven altlarını, koridorları, parmaklıkları bir bir dolaştık. Son olarak bir Lambo'ya uğrayalım dedik. Geleceğe ait planlarını sordum, ne yapacak? "Belli değil mi artık, okulu bitirip öğretmenliğe kapağı atacağım, başka bir yol kaldı mı ki?" dedi. Neden böyle umutsuz ve kırgın olduğunu sordum. "Bilmiyormuş gibi sorma," dedi. "Amma da önemsiyorsun bu işi," dedim, "çok alaturkalaştın sen bugünlerde ha! Annemden farkın kalmadı! Sen de namusu iki bacağının arasında sanıyorduysan iyi ki ben bu ülkeden kaçıyorum," dedim. "Öyle değil ama bilemezsin, ben bunu isteyerek yapmadım ki," dedi. Haklıydı. "Boş ver," dedim. Gene Lambo'da kimse yoktu. "Gel, Degustasyon'da son kez oturalım!" O ne kadar üzgünse, bitikse ben de o kadar sevinçliydim, onu böyle koyup gitmeye kıyamıyordum. Degustasyon'a girdik; ozan R, I, K, L, O, bir masaya dizilmişler, yiyip içiyorlardı. "Allah kahretsin, bunları çekecek durumda değilim," dedi Meral. K. bizi görmesiyle fırladı, "Ooo bizim

45

anarşist kızlarımız gelmiş!" diye zorla masaya oturttu bizi. "Aldırma; eğleniriz bu pas böcüleriyle!" dedim Meral'e. Bu K. moruğunu Haydar'dan dinlemiştim: "Sizlerden geçsin de ne olsa bizim de sıramız gelir bir gün, beklerim ben," demiş. İlk kadehi pis pis sırıtarak şerefimize kaldırdı. T. hemen Meral'e sulanmaya başladı; o ne yazıyormuş, ne yazarsa yazsın getirsinmiş bastırırmış *Varlık* dergisine, kendisi de bu masa başındaki arkadaşlarıyla yeni bir dergi çıkarıyorlarmış, kadroya biz mutlaka girmeliymişiz, çünkü Türkiye'nin anarşistlere çok ihtiyacı varmış artık. Meral sinirli sinirli "Bizim anarşist olduğumuzu nereden çıkarıyorsunuz?" dedi. L. gülerek "Gözlerinizden!" dedi, birden kahkahayı bastılar. Meral L.'ye dönerek "Sizin anarşizmi insanların gözünden anladığınız yazdıklarınızdan belli oluyor zaten!" dedi. Bu kez L.'yle alay eden daha büyük bir kahkaha kopardılar. L. içerlemişti: "Tabii sadece gözlerinizden anlaşılmıyor anarşist olduğunuz!" dedi ötekilerden alkış bekleyerek. Ama ötekiler birdenbire bu kadar pespayeleşmekten yana değillerdi onlar pisliklerini azar azar çıkarmak ve eğlenceyi uzatmak niyetindeydiler. İçimden masaya tükürmek ve kalkmak geldi ama bu aşağılanmayı yutmak demekti. Meral kıpkırmızı olmuştu, L.'ye hışımla döndü, bir an gözlerimi yumdum, onun sesiyle yeniden açtım, "O halde," dedi Meral, "o halde en büyük anarşistlerden birinin karınız olduğundan haberiniz vardır?" L. Ayağa fırladı, adamlardan bir uğultu çıktı, bu kez ben bir kahkaha attım, ardından ötekiler de tutuk tutuk gülmeye başladılar. L.'nin karısıyla R.'nin seviştiğini herkes biliyordu. L., önündeki şişeye sarıldı. R. elini tuttu. Meral, "Kalkalım, görüyorsun işte!" dedi. Elinden çekip oturttum. "Bir dakika, kalkarız," dedim. N. şerefimize bir bardak kaldırdı, ben de kaldırıp içtim. Meral içmedi; alnı, yanakları pancar gibi kızarmış titreyerek oturuyordu yanımda. Birden, "Beyler," dedim, "içinizde benimle yatmak isteyen var mı?" Bir tıss oldu. Herkes birbirine baktı. Sonra gülmeye çalıştılar ama gülemediler. "Şaka etmiyorum," dedim. "Size borcum var, sizlere çok şey borçluyum. Dostluğunuzdan yararlandım, dağarcığım zenginleşti. Bundan iki yıl önce, burada, oturduğum evden yarım saat uzakta, burnumun dibinde böyle bir dünya olduğunu bilmiyordum. Sizler gibi insanlar bulunduğunu anlatsalar inanmazdım. Bugün hepinizi ayrı ayrı tanıyorum. Türk aydınının hangi acılar içinde kıvrandığını gözlerimle gördüm! Onların kadına ne gözle baktıklarını öğrendim. Şimdi, kırk yıl uğraşsanız benden alamayacağınız bir şeyi size ben kendim vermek istiyorum. İçinizden birini seçin. En düşkününüzü, en zavallınızı! Sadaka olarak vereceğim ona bunu! Benim ona hiç ihtiyacım yok çünkü." Meral, "Yapma, sus" diye kolumu sarstı. R. çıkıp gitti. N. ötekilere dönerek, "Neler söylüyor bu kız böyle?" diye sordu. Ötekiler donmuş gibi bakıyorlardı. Moruk K. "Hanım kızım sen yanlış biliyorsun, bizim öyle bir merakımız yok" dedi. "Var bayım," dedim, "hele siz sıranızı bekliyormuşsunuz duyduğuma göre." Bu kez İ., bir kahkaha kopardı, K., "Allah Allah!" dedi ve sustu, ötekiler hep birden, sanki biz masada değilmişiz gibi konuşmaya ve turşulara, böreklere saldırmaya başladılar. "Hadi," dedim Meral'e. Biz çıkarken gidişimizi fark etmemiş gibi konuşmaya daldılar.

* * *

Meral, "Neden böyle şeyler yapıyorsun, deli misin sen?" dedi. "Bilmiyorum," dedim, "bilmiyorum, ama ben sevgiyle girmiştim aralarına." "Çok garipsin," dedi, "ne yapmak istiyorsun, neyi ele geçirmek istiyorsun, anlamıyorum seni bazen." Sustuk. Sonra "L.'yi gördün mü?" dedi ürkek bir sesle, "sanki biliyor gibiydi benim durumumu!" "Hadi canım aptallaşma, nereden bilecek," dedim. "Onlar, bizi kabul etmek istemiyor. Onlar, aralarında görmek istemiyorlar Türk kadınını, bakma öyle her birinin Atatürk devrimcisiyim diye aslan kesildiğine, kendileriyle eşit olmamızı, bizim de salt sanat konuşmak için, sanatçı dostlar edinmek için oralara girip çıkmamızı yediremiyorlar erkekliklerine, zora gelince çıkarıp bilmem nerelerini göstermeleri bundan. Osmanlı bunlar daha, Osmanlı! Osmanlı'dan da beter..." Taksim'de ayrıldık. "Sana yazarım gittiğim yerden bir gün mutlaka," dedim. Gözleri yaşlıydı. Eve geldim. Yeşil koltuğa oturdum, bir ara düşündüm Meral'i. Pis bir iş gelmişti başına ve öyle ince bir kızdı ki ölene dek çekecektir. Annem içeri dışarı girip çıkıyor, yemekler hazırlıyor, somyanın her önünden geçişte basma örtüsünü çekiştiriyor. Onun kaygısı beni adamlardan korumak değil mi? Böyle bir düşmandan saklamak. Ama sonunda o dünyanın insanlarından birine karı diye armağan etmek. Bütün özendiği bir canavar parçalasın diye bir melek yetiştirmek. Süsü püsü yerinde gene bugün. Bir ara kalkıp ona sarılmayı, her şeyi anlatmayı geçirdim içimden. Ne olmuştu bize. Benim anneme, o beni küçükken koynundan ayırmayan, ya ölürse diye uyanıp her gece soluğunu dinlediğim anneme ne olmuştu; bu insanlara, Halûk'a, O'na, K.'ye, A. B. C. D...'ye, Bedri'ye, Meral'e ne olmuştu?.. Sanki bir devin hışmına uğramıştık hep birlikte... "Ayancık'ta takım donatıyorsun, daldın küçük hanım gene, dala dala kuyu oldun, kalk da masaya yardım et, Tayyar Beyler yemeğe geliyor..." "Peki, üstümü değiştireyim." Odama girdim ağladım. Son günlerimde bütün sabrımı göstereceğim anama, arkamdan daha çok ağlasın diye...

* * *

Her şey yıkıldı artık, her şey yerlerde sürünüyor. Gözümde hiçbir şeyin değeri kalmadı. Karanlıklar içindeyim. Ölümle burun buruna. İki gündür yemiyorum. Annem ayılma bayılmalardan sonra şimdi de ağlama krizine başladı. Öleyim de namusum kurtulsun diye bütün bir gece dua etti Allahına. Kaçabilseydim, başarsaydım şimdi her şey tam tersi olacaktı. Mutlu olacaktım. Gülecektik... Halit'le el ele verip gideceğimi düşünürken korkular doluyordu içime, cayacak gibi oluyordum. Oysa şimdi onun olabilmek için yapamayacağım şey yok. Şimdi ne olacak bilmiyorum. Burada odamdayım. İki kez öldürmeye kalktım kendimi. Kıllarımı temizlemek için kullandığım tıraş makinesinin jiletini çıkardım. Körlenmişti. Bilek damarlarımın üzerinde gezdirdim hafifçe jileti. Yapamadım. Pencereden atlamayı düşündüm. Camı açtım. Kız Kulesi'ni Boğaz'ı gördüm. Kabataş iskelesinden araba vapuru kalkıyordu, damlar, evler, insanlar, çocuk sesleri. Yüksekten bakamam bile ben, başım döner. Pencerenin altı küçücük bir arsa, daha doğrusu çöplük, ikinci kattayız, ölünecek bir yükseklik de yok zaten. Ölsem ne olacak. 19 yaşında bir genç kız intihar etti, diyecekler. Geçip gidecek. Hayır, ölümden korkuyorum. Çok korkuyorum. Yaşamak istiyorum ben. Yaşamak ve öcümü almak. Öcümü almak, kimden ama? Anamdan mı? Bilmiyorum. Suçlu o mu? Hayır. Ben miyim? Hayır. Değilim, değilim, değilim. Evet ama ne olacak?.. Bilmiyorum...

* * *

Kapı çalındı, ilkin ben fırladım. Haftanın üçüncü günüydü. Annem mutfaktaydı. Önümden yürüdü, yüzüme baktı ve "Ben açarım," dedi. Ara kapıyı açtı, merdivenlerden indi, yukarıdan dinledim, genç bir erkek sesi: "Uslu Hanım Çıkmazı Sokak burası mı abla?" Bayılacaktım. İçeriye koştum. Annem yukarı çıktı. "Kimmiş?" dedim, "Kimse değil, yanlış gelmişler," dedi. Tekrar içeriye girdim. Çarpıntıdan elim ayağım titriyordu. Saate baktım. Yarım saat sonra gelecekti gene. Misafir odasına gittim, oradan sokak görünüyordu. Kimse yoktu sokakta, gitmiş olacaktı. Annem çıksa gitse bir yerlere şu arada ya da yatsa diye dua etmeye başladım. Mutfağa girdim. Ispanak ayıklıyordu. "Ver ben yapayım, sen otur," dedim. Kapıya en yakın yer mutfaktı. Dönüp baktı, "Hangi dağda kurt öldü?" dedi, ardından, "Ne oldu sana, sapsarı olmuşsun?" dedi. "Yoo," dedim, "çalışmaktan sıkıldım." "Hadi hadi, git çalış, ver şu imtihanlarını da sen de kurtul biz de," dedi. Tam o sırada işte yeniden kapı çalındı. Sersem herif yarım saat daha bekleyemedi diye düşündüm. Bu kez ben davrandım, merdivenleri koşarak inip açtım kapıyı. Oydu, kendisi, Halit. "Nedret Hanım diye biri oturuyor mu?" derken bir zarf tutuşturdu elime, kapkalın, kokular içinde bir zarf. "Yok," dedim, gülüyordu. "Canım benim," dedi yavaşça. Zarfı aldım etekliğimin beline soktum, kazağımı üstüne çektim. "Yarın," dedi, "okursun," zarfı işaret etti. Elimi kaptı öptü. Hemen çektim, sus işareti yaptım ve kapıyı örttüm. Yukarı çıktım.

Merdivenin başına dikilmişti. Hiçbir şey olmamış gibi girdim. Bizi görmesi olası değildi çünkü, sokak kapısı merdivenin başından görünmezdi. "Ver onu bana," dedi birden ve belime daldı, eline saldırdım. "Bana ait anne, bırak," dedim. Yüzüme bir tokat indirip kaptı zarfı, ben de bir ucuna asıldım, ucundan yırtılan bir parça elimde kaldı, ben o parçayı, o da öteki büyük parçayı aldı koynuna soktu, aradan leylak kırıntıları döküldü yere. Onları görünce hınçla saldırdı üzerime. "Leylak!" diye bağırıyordu çılgın gibi, "Leylak ha! Leylak leylak ha! Leylak!" diye olanca gücüyle indiriyordu bana. Yorulunca bıraktı, çöktü olduğu yere, ağlamaya başladı, "Rezil olduk, şerefimiz! On paralık şerefimiz kalmadı, el âleme rezil olduk..." diye hüngür hüngür çocuklar gibi ağlıyordu. Odama kaçıp kitlendim. Tıraş makinesini çıkardım, körlenmiş jileti bileklerimin üzerinde hafifçe dolaştırdım, yapamadım ama yapamadım...

Aynaya baktım. Hayvan gibiyim. Tıpkı yırtıcı bir hayvan gibi! Neden sonra yırtılan parça geldi aklıma, çıkardım: katlanmış bir yaprağın üçgen biçimindeki ucu, büyük bir boşluk ve iki satırın sonları topu topu dört kelime: MEMLEKETİ-MİN, BEN, MAVİ DAĞLAR, GÜNEY... Memleketimin mavi dağlarından güneye doğru ben (mi?), memleketimin mavi dağlarının güneyinden ben (mi?) Zarfın içinde bir başka çeşit kâğıt daha var, kopmuş, bomboş bir kâğıt, ötekine göre daha kalın ama ikisi de buram buram kokuyor. Leylak kokusu değil, leylak kokusuna bir başka koku karışmış. O ikinci kâğıtta harita ya da plan vardı herhalde, kaçma yollarımız. Kendimi yatağın üzerine attım ve ağlamaya başladım, daha çok uluyarak aslan gibi ağlıyordum artık. İçerden çılgınca bağırdı: "Kaçmak ha! Kaçmak! Hem de kuyruklu bir Kürt'le, kızışmış orospu, kaçmak ha, kaçmak! Sevgilisi varmış, Allah canını alsın, sevgilisi varmış! Benim kızımın sevgilisi varmış! Hem de Kürt!.." Dış kapının vurulduğunu, aşağı kattaki kiracının sesini duydum, annemin, "Yok bir şey!" diye kapıyı yüzlerine kapayışını... Kâğıdı burnuma dayadım öyle tuttum; bu koku, bu koku: Memleketimin mavi dağlarından topladım bu kokuyu sana ellerimle... Bugün ikinci günün sonu. Gece yarısı kilidi açıp dışarıya çıktım, uyuyordu annem, babam evde yok, olsaydı o ne yapardı kim bilir, dış kapıyı kilitlemiş, anahtarını almış, böyle yapacağını biliyordum, zaten nereye, kime gidebilirim?.. Mutfağa girdim, suyla ekmek ziftlendim, döndüm zıbardım gene. Hiçbir şey umurumda değil artık...

* * *

Biraz önce kapı çalındı. Meral'in sesi: "Okulda göremeyince merak ettim, hasta mı teyze?" Fırladım, yüz yüze geldik annemle, yüzüme görmeyen gözlerle baktı, ardından hıçkırarak odasına kaçtı, kapısını kilitlediğini duydum. Meral "Aaa ne oldu sana böyle?" diye boynuma sarıldı. Anlattım her şeyi; ağlamaya başladı, "Sen de kaldın, sen de kurtulamadın ha," diye kendine mi bana mı ağlayıp durdu. "Sus," dedim ona. "Ben ağlıyorum, canımın yandığını duymadım, dayak yedim ama bu şişlerin, çürüklerin nasıl olduğunu bile bilmiyorum. Kurtulmak istiyorum sadece, Halit'i bulmak istiyorum." "Halit mi, nasıl, gitmemiş midir?" "Bilmiyorum Meral, senden başka kimse yok beni kurtaracak, hem artık bu evde yaşamak istemiyorum..." "Dur acele etme, dur düşünelim," dedi, çantasından bir mendil ve bir Yenice paketi çıkardı, gözlerini kuruladı, cıgara yaktı, bana da verdi... Kâğıt parçalarını gösterdim, leylak kırıntılarını, kokladı, "Pöh be," dedi, "kekikli yağ kokuyor." Güldü, "Memleketimin mavi dağları amma da pis kokuyormuş!" Hem gülüyor hem de ağlıyorduk... "Buldum!" diye haykırdı birden. "Buldum, buldum! Evreka, evreka!" Sıçramaya başladı. "Yavaş ol annem gelir dinler kapıdan," dedim. Karyolamın ucuna ilişti. "Evleneceksin," dedi, "yalandan evleneceksin, birkaç ay sonra istediğin zaman da boşanacaksın, sırf seni kurtarmak için evlenecek, istemezsen yatmazsın bile!.." "Kaçırdın mı?" dedim. "Öyle kocayı nereden bulacağız?" "Bedri?" dedi... "Bedri?" "Körün istediği bir göz Allah verdi iki göz, buz gibi âşık sana, annem desen bayılır, ben de görümcen olacağım!" Bir kahkaha attı. "Razı olur mu böyle evlenmeye?" "Olur elbette içi gider, aynı evde otururuz bir süre, sonra da Halit'e mi kaçarsın, işe mi girersin, bu evden kurtulursun işte..." Allahaısmarladık demeden çıktı gitti.

* * *

Annemle çarşıdan, alışverişten döndük şimdi. Günlerdir çarşı pazar gezmekten bittim, tabanlarım şişti. Tabii olur olmaz bir çeyiz vermek istemiyorlar bana. Annem dün gül ağacından yatak odası takımımı ısmarladı. Bugün de işte bu gelinliğimi aldık. Başıma duvak mı taksam, çiçek mi koysam, yoksa şapkacı Margarit'e şapka mı ısmarlasak bir türlü karar veremedik annemle. Nişanlım çok iyi bir çocuk doğrusu, ısınmaya başladım ona. Annem de çok seviyor damadını, yere göğe koyamıyor. Babama bu acele evliliğim sürpriz oldu, şaşırdı ilkin, ama annem, "İyidir iyidir, kız kısmını vakit geçmeden evlendireceksin," diye diye alıştırdı onu da. Olanı biteni sakladı babamdan, söylemedi. Aramızda geçenlerin de sözü edilmedi Nazifanım Teyze'nin beni istemeye geldiği günden beri...

Geçen gece Bedri'nin ısrarına dayanamadı annem. Meral'le birlikte üçümüzü dışarı yemeğe gönderdi. Bir buçuk aydır ilk kez annemsiz sokağa çıktım. Sarhoş gibiydim. Lambo'ya gittik. Mösyö Lambo nişanlandığımızı duyunca şaşırdı. Halit'i sordum, "Bilmiyorum," dedi Bedri'ye bakarak. "Anlat Mösyö Lambo, hepimiz arkadaşız," dedim. "Valla bilmiyorum kuzum, bir kere geldiydi, oluyor iki ay, sonra dediler yakalandı, köyüne gönderildi... Bilmem doğrudur bilmem yanlıştır..." dedi. Bedri, "Öyleyse sen ona bir mektup yaz olsun bitsin!" dedi. "Eee ya yanıtı?.." dedim. "Yanıtı benim adrese yazsın ben sana veririm," dedi. Dönerken Meral, "O köşede oturan çocuk kimdi biliyor musun? Senin Halûk! İşi büyüttü, kocaman bir fotoğraf stüdyosu açtı Beyoğlu'nda, yanına da bu çocuğu çırak olarak aldı," dedi. Sonra abisinin koluna girdi, öteki koluna da ben girdim nişanlımın, karanlıkta kutsal evlilik kurumumuza doğru ilerledik.

BABA

can çıkanda elbiseni soyalar
öldüğünü dost düşmanın doyalar
lif ma'asbun ile salda yoyalar
musallada düpdüz olur eğrimiz

sabah

I

İnsanlar taa İsa'dan önce de balığı bildiler, balığı bilmeleriyle ticareti, sandalı bildiler. İsa'dan. Öleli ne kadar olmuş 1707'de? Fransız Deniz Papin ilk pistonlu buhar makinesini düşündü. Ceymis Vat'ın buhar makinesinden sonra 1801'de Fulton ilk buharlı gemiyi yaptı. Yandan çarklıydı gemi, büyük fırtınalarda, borada çarkları kopu kopuverirdi. Sonra kara ve deniz taşıtları gelişmeye başladı; vapurlar İngiliz'in elinde transatlantiğe kavuştu. Queen Elizabeth 83.675 groston ağırlığındadır. Sanayi devrimi boyunca gemi makineleri vira değişti, vira değişti, 1840'ta almaşık (mütenavip) makineler, ardından türbinler, içten yanmalı motorlar (1894), 1904'ten bu yana dizeller. Daha sonrakilere ben yetişemeyeceğim, ölmek üzereyim de ondan.

Sabahın duru ışığıyla uyandım. Perdeyi nicedir çekmiyorum yatarken. Ortalık ağarırken gülibrişim dallarını görüyorum, sonra oynamasını seyrediyorum yapraklarının, sığdığı kadar pencereye. Buzdolabının fişini çekmemiş Nuriye gene... Ecel. Biraz Ecel, biraz Vat, biraz Fulton, biraz da Sermet Vergin'in hayvanlığı. Küp gibi su dolmuş karnım gaz var diyo içine keraneci... İnsanı gözden çıkarıveriyo ha bu kasaplar... Nermin, "Düzen yüzünden," diyor. Nermin, kızım. Nuriye bulduydu bu doktoru, ataşemiliterlerin aile doktoruymuş diye... Nuriye karım. Allahtan komşunun oğlu el öpmeye geldi de bayramda, yeni çıkmış doktor; erik hırsızı bizim bahçenin, çatal bacak Naci, anladı. Kızken, Nermin'de gözü vardı. Naci, "Su toplamış karnın amca!" dedi. Kandı bu sabah abdestimden gelen, bi titremedir aldı helada beni, bir ter boşandı ardından, bi ecel teri, "Ölecesin ölecesin," dedim, "Azrail başucunda, nasıl can verecesin." Girdi koluma Nuriye taşıdı yatağa beni, bi topak kanlı abdestimi görebildim, sifonu çekmedi.

Usulca kolundan dürtüp geleni geçeni, gösteriyor abdestimi. Nermin'le damadımı da soktu kenefe şimdi. Çok baktı bana, uykusuz duraksız çok geceler bekledi. Ölsem kurtulacak, kendine şöyle deliksiz bir uyku çekecek, diyecek uzuuun upuzun bi oh!..

Sabahlıyorum aylardır: pencere, demir parmaklıkları hırsızların, gülibrişim, gök. Göğü seyrediyorum bulutlanan, toplanıp toplanıp açılan göğü, tıpkı gemilerdeki gibi sabah, mavi pembemsi.

Geçti, geçti bıçakla kesilmişçesine ağrılarım şimdi... Kenefte sordu Nermin: "Babam gördü mü bunu?" "Görmedi." Duymam sanıyorlar konuştuklarını, oysa duyarım, makinenin çıkardığı seslerden hangi ses olsa duyarım. Sesten harita çıkarmış bu kulaklar, elli beş yıl koynuna girmiş makinenin, ufacık bir yayı titrese, gevşese bir cıvata, boşluğu alınmalı grangın, bir gemi, bir gemi, bir gemi olsa şimdi, pruva, mizandi, abaşo gabya sereni, borcum, trinket, tirolti valfı aç, kokla kondenseri, stimgeyce bir göz at, bir kolla evaporeyteri...

"Bence hemen hastaneye kaldırılmalı." Damat dedi. Bu götiçi kadar eve ölünür mü? Nere yıkarlar, nere koyarlar teneşiri, damat benim doktor röntgenci. Kovermeyecekler, kovermeyecekler evime öleyim. Hiçbişey bilmiyor gibi geldiler yanıma, ayakucuna oturdu yatağın kızım, "Merhaba babacık, nasıl oldun?" dedi. Merhabayla başlar söze hep. İyi günlerimde seferden dönüşün oturur kafa çekeriz onunla, "Eh, merhaba, hoş geldin denizlerinden babacık," der, damat da ayakta kapının eşiğine dikiliyor, hep orada durur, hep sıkılır, süpürge gibi bir damat, ne yalan söyleyim, ısınmamış içim bu adama, nerden bulmuş getirmiş Nermin, neyse buna da şükür ya, ya o, öteki kalsaydı başımıza o çengidilâra? "Nasılsın baba?" dedi o da, "Gördüğün gibi oğul." "İyisin iyisin." "İyiysem ver bir bardak şarap da içelim." Gülüyorlar. Gülün gülün ölecek olan siz değilsiniz hoş, sonra telefona gidiyorlar, aramaya başlıyorlar Amerikan Hastanesi'ni...

Bizim oralara sular yaz kış buz gibi olur. Kıyıya çatlayan dalgalar otuz kademi aşar. Cihan Savaşı dolayısıyla aile İstanbol'a hicret etmiş, Fatih'te konağa oturuyorlar. Ben Romrom Ana'yla birlikte burdayım. İdadiyi bitirmişim, Kuranıkerim'i ezbere biliyorum, sesim hazin, İstanbol'a gittiğimde Gülşeni Musiki Mektebi'ne yollamış kaptan ağabeyim beni. Abdülkadir Hoca'dan ders almışım, ben aşır okurkene yüzlerini mendile kapatıp ağlıyor kadınlar, hüseyni, acemaşiran da... Bizim ev memlekete tepesine yamacın. Ev, ama ne ev, mazgallı, kaleli, şatomsu bi şey! Yamaçlara tırmanan Karadeniz'e koveriyorum kendimi, alıp indiriyo dibe su beni, köpürtüyo, sürtüştürüyo balıklara; Londra Anlaşması ile Karadeniz balıklarının askersizleştirilmesi hükmü kaldırılmış zati; kırlangıç, kefal, dil, kalkan, pisinin. Ne yapıyor su gene, döndürüp balıkları bir güm diye vuruyor yalıya beni, bi sıyıksız ağıyorum denizden, şimdi deniz deyince, şurama tak diye bi şeyin oturduğu denizden, ağıp tepeye tırmanıyorum yeniden. Romrom Anam, "Kesileyim sağa o binam etme!" deyip duruyor ilk karısı babamın kısır, zorafının* dibine çökük, gözleri sulu hep, ölmüş babam o günler bahriyeden ayrılma. Giyitlerini asmış şatonun geçilmez duvarına Romrom Anam omuzlarından sarkıtmış el dokuması bir peşkir babamın, sırmalı kolu boş sallanıyo duvara. "Ver onları bana bi giyineyim Rom Anam, olayım bir jeneral!" Elimi sürdürmüyo. Buralar kıtlık, gurbetçilik günleri artık. Gidiyorum temelli kaptan ağabeyimin yanına İstanbol'a, öteki iki ağabeyimi öldürmüş düşman, beni istiyor ağabeyim. Evin babası o artık. Asıl anam, kaptan ağabeyim, ben, oturacağız konağa. "Ha buraya doğmuşum ben, buraya öleceğim, buraya bahçeye gömecesiniz beni babamın yanına, karamişin altına," diyo Rom Anam. Gelmeyecek bizimle.

Düşmüyormuş numara... Bugün pazar... Evinde de yokmuş doktor. Kapı çalındı, Zehranım'ın sesi, kapı komşu laf tulumu bi kan, kenefe soktu onu da ilkin Nuriye, dediler fıs fıs fıs fıs bi şeyler orada, şimdi de yanıma geldiler... Haa ağlamış karım!.. "Ne oldu Hasan Efendi böyle?.." Ağladı mıydı karım hemen anlarım... Kirpiksizleşir gözleri benzer virezubun** bakmasına bakması, karım kırk beş yıllık karı... İlk oğlum sağ olsaydı kırklarındaydı şimdi diye çok ağladı.

---

* Karayemiş ağacı.
** Sazanı andıran bir tatlısu balığı.

Çok ağladı ağabeysi öldüğünde, "Tutunacak tek dalım oydu" diye, boşamaya kalktığımda onu, "Ele girdim yere girdim" diye, Beşiktaş'ta, –boşayacağımdan değildi ya süngüsünü düşürmek için– bir de işte o oğlumuz öldüğünde hepten çıldırdı sandım: Yapışmış ölüsüne "Sarı oğlum benim, sarı aslanım, bundan sonra haram olsun dünya bana, evlat sevgisi haram olsun bana" tutturmuş bir nakarat o okuduğu aşk romanlarından kalma bir atması vardı kendini duvarlara... Sarı oğlum demesi kendi tarafına benzediğinden, kaynatam sarıymış ya; Sarı Ağa derlermiş, bu kızım benim tarafıma benzemiş, o onun tarafına , o gün bugün yaslı bir kadın koynumda... Hee bir de ben boğulduğumda Kefken açıklarına, bindirip battığımda, "Boğuldular hepsi" diye yazmış gazetenin biri, "Yetimine de acımadın mı Hasan?" diye... Hoş benim bu yaşadıklarım cabadır da... O sefer altı kişi kurtulmuşuz kendimizi, sığıp bir kaya parçasına, Yakup da var Mamul'dan, rahmetli oldu şimdi süvari bahriyeden ayrılma İstanbollu Kâzım Kaptan... Tipi bi yandan, gece kömür karası, açlık bi yandan başladık donmaya ayak uçlarımızdan: Yakup'a dedim, "Çek bi horon da sabahı edelim" başladı ağzıylan önce o tek başına, ardından biz hep birlikte sıçraya sıçraya:

Riv riv riv de riv riv riv de riv riv riv de riv riv riv
Kemençemun kepçesi de eruktendir erukten
Ben nasıl ayrulacağım senin gibi ferukten
Omuzumda tufeğum da Yonan kirasi midur
Burda hapis kalmanın da şimdi sırası mıdir.
Riv riv riv de...

Coşturmuşum bunların altısını da kaya parçasının üzerine, sabaha karşı bir motor gelmiş topluyor bizi Kâzım Kaptan zıplıyor hâlâ: Hışt hışt hışt!.. O günden sonra görse ne vakit beni, "Vuralım bi horon da sabah olsun çarkçıbaşım..."

Basmış bağrına Nermin'i "Yetimine de acımadın mı Hasaaan? Kaldın deniz diplerine topraksız mı Hasaaan? Balıklara yem mi oldun Hasaaan?" Oysa yüz yüze kaldığımızda bir avurt bir zavurt, sanırsın tüyü bozuk bir Arnavut ağasının kızı değil de Kral Zogo'nun torunu. Görmemişim bir atıldığını boynuma "Kocacığım" diye, çalkanmayan deniz gibi öyle, kıyıya dimdik durur, asırlık bi ağaç gövdesi gibi, "avam takımı yaparmış öyle şeyleri!.." "Atlatırsın atlatırsın, Hasan Efendi Şühedanım da böyleydi geçti sonra" kapadım gözlerimi sıkıca, "Uyuyacak herhalde, biz içeri geçelim."

Kaptan ağabeyimi görünce: uzun boyunu, sarı saçlarını, mavi gözlerini ve kocaman burnunu demiş ki yengem "Ne olursa olsun sen kadın yap beni!" Girmiş koynuna evlenmişler Tatar güzeliyle. Tatar almış piyanosunu kuyruklu, notalarını, bir de bohçasını, gelmiş konağa bize. Konakta var Trabzon yağı, tuzlama hamsi, portakal, çuvalla fındık... Abdülkadir Hoca'dan ders mers alamıyorum artık... Konakta var udum, şarkılar ve asıl anam...

Hicran gibi âlemde elim derd-i ser olmaz
Sen bezmimize geldiğin akşam neler olmaz.

Konu komşu dilinden düşürmüyor sesimi, karıların kafes arkasından solukları esiyor boynuma ben geçerken, istenince Nuriye'yi koşuyor bana, o vakit daha on altılarında. Geldiğinin ayına varmıyor, yiyoruz bir yangın; mavisi duman Karadeniz'in. Kemençeyi, udu, kılıcı, tören meçini babamın İngiliz kralına çıktığı, kurtarıyoruz. Yangından sonra eşeliyoruz külleri, olduğu gibi çıkıyor piyano küllerin arasına, Tatar yengem, "Rahmetli babamın helal parasıyla alınmış!" diye gözlerini siliyor, kapanıp küllerine çalıyor piyanonun bir taksim, anam da o sıra ölüyor. Eyüpsultan'da şimdi. Kırk mı, elli mi sene bütün bunlar? Ölürsem şimdi de "Avam takımı ağlar" diye tutacak mı kendini ağlamaktan?

Dönüp baktığımda ölüm yatağımdan kaldırarak başımı, yarı yarısı erimiş omuzlarımın berisinden, "Kalk yeniden başla" deseler:

Arsanın parasıyla bir taka al. Kaptan ağabeyin, sen ve Memiş dayın, dört tonluk bi şey.

Romanya'dan gaz yükle, Giresun'a sat, Giresun'dan fındık al. İstanbol'a getir.

Dört bin kilo iç fındığın satışına Memiş Dayın el atsın, borçlu çıkarsın kaptan ağabeyinle seni, ablamın uşaklarıdır bunlar demesin.

Hacı Mahmut Efendi Dayım, yüzbaşıdır harp filomuz Turgut Reis zırhlısının tabur imamı olarak, kırk beş lira maaşını alsın, acısın size versin.

Tabak Yunus'ta ev kirala, Nuriye'yi, Tatar gelini yerleştir.

Git bir kullanılmış sandal satın al yüz yetmiş kuruşa Yağkapanı'yla Yemiş İskelesi arasında müşteri getir götür.

Parayı yetiştireme, Nuriye'yi memlekete Rom Ana'nın yanına gönder.

Tatar gelin ölsün veremden, piyanosunu bırakıp.

Yağkapanı'na Yaka'dan İsakzade Ahmet Efendi'nin ahşap kahvesinin üzerinde köhne bir odada ayda beş kuruşa yat, yatak yorgan senden.

Günde altı-on kuruş kazan. (Bir okka ekmek 1120 gram bir kuruştur, bayat ekmek otuz paradır sen bayat ekmek ye.)

Öğle de ye bir tabak kuru fasulya yirmi para, ye bir tabak pilav yirmi para, ye üç yüz gram ekmek ver on para yekûn ver elli para.

Elli para da akşam ver.
Kahve de iç on para, bir çay on para, tatlı ya da limonata bir soğukluk on para.
Yemek masrafın günlük üç kuruş, iki yıl böyle yaşa. Üstün başın, kiran, üstün başın da çok kirlenir.
Hadi BAŞLA, ölme Hadi Başla!..
ÖLME.
HADİ BAŞLA!..
BİR Kİ.
BİR Kİ...

Dur bitmedi: İngiliz bandıralı Mısır Hıdiv Kumpanyası'nın Osmaniye vapuruna iki lira rüşvet vererek ve candan halleriyle sahte bir vesika alarak kaptan ağabeyin soksun seni. İskenderiye ile İstanbul arasına üç İngiliz lirası aylıkla ve kömürcü olarak başla gemicilik hayatına.

914 Birinci Cihan Savaşı bitip Kuvvayi Milliye kurulduğunda kaptan ağabeyinle birlikte yazıl ona.

İstanbul'dan gizli teşkilattan aldığı malzemeyi gemine (Kırım vapuru) taşı Samsun ve Trabzon limanlarındaki Kuvvayi Milliye'ye teslim et.

Bir seferinde Samsun limanına inerken on mil kala limana Yonan Eraks torpidosu ve Naksos silahlı nakliye gemisiyle durdurul.

Naksos'un arkasına Kırım'ı bağlasın iki Yonan. Bayrağımızı indirip kendilerininkini bindirsinler mavi beyaz.

Seni, yolcuları, çoluk çocuk çıkarıp İğneada'ya yağma etsinler KIRIM'I.

Yatın o gece bir kahveye kırk kişi.

Sabah silah kullanabilecek kırk kişiyi alıp, kırk süngülü askerle Kırkkilise denilen Kırklareli'ne yürütsünler. Gün, her gün on altı saat yürütsünler, "Vre kayimeni turkospari, hathite palioturakalades!" diye kırk kırbaç palaskalarla kırk vurarak, Türklüğüne kırk tükürüp kırk işeyerek, tabanlarından cılk yara kanlar akarak yürütsünler, yürütsünler, yürütsünler, yürütsünler, yürütsünler, yürütsünler...

BU GÖRDÜĞÜN VATANI KURTARMAK İÇİN!

Üsera kampına Pire'ye koysunlar seni iki yıl!

Sen kurtar bu vatanı şimdi deyyus! Biraz da sen kurtar!
BAŞLA!
HADİ BAŞLA!
MARŞ MARŞ!..
Denizcilik bizde kaçakçılıkla birlikte gelişmiştir. Denizciliğimizi Karadenizli armatörler geliştirmiştir. Bir küçük yelkenliyle ya da bir takayla ticarete başlayan Karadenizli, vapur sahibi olduktan sonra iyice kaçakçı olur. Daha çok af-

yon ve eroin kaçırır. Bugün memleketimizin bir numaralı zengin sınıfının arasına karışmış olan bu adamların babaları daha çok forsmajör şeyler çalarak oğullarının ve torunlarının bugününü hazırlamışlardır. Gemiye avarya yaptırılır. "Mal ıslandı, deniz malı aldı" diye yanaşılır limana. Çıkarılır bir kamyon dolusu halı (yük), forsmajör şeyler...

İşte bizim deniz ticaret filomuz gelişmektedir böyle, hele Hamit Mordon'ların mazot tankeri, tarikattandı bu adam, Abdülkadir Geylani'nin müridi, kıyak bir adam. Harp içinde gemisiyle gizlice silah taşıttı bize, Çan Kay Şek'e ve aldı ikinci yılına ikinci tankerini, bir konuşmaya başladı mı insanlığına diyecek yok, yaş getirir gözünden adamın tarikat hikmetleri, hiç unutmam şu evi alırken bana bin lira borç verdi öyle mütekâmil bir adam... Eeee! Emir kullarıydık o vakitler tabii, tabanları sık sık sızlayan, dişine sıkıştırmış dilini evini geçindirmek için forsalar, mum benizli. "Forsalar" bu doğru, Nermin öyle der. Sustuk. Susmasak sürünecektik, ama günün biri baktım ki çoğaldı gemiler, bu olmazsa beriki, bir cıgara ağzıma giderdim keyifli keyifli, "Ee çorbacı!" derdim. "Ver paramı da at beni, demokrasi geldi memlekete sayemizde, atamazsın diyemem!.." Nermin haklı mı kim bilir? Kaçırmasa ölçüyü! Pabucum eskir düzen yüzünden der, Mahsunehanım bir adamla yakalanmış düzen yüzünden der, gemiler fırtınayla batar düzen yüzünden der. "Bu sosyalistlik ne iyi şeymiş," dedim ona bir gün, "İnsana hiç iş kalmıyo, ne bokluk varsa düzen yüzünden!" Dinimizi; irade-i cüziyi, irade-i külliyi anlattım ona, işin kolayını bulmuş bunlar, bir güldüydüm ki o gün... Derdi ki kaptan ağabeyim, "Susmak, baş eğmek alçaklık değil!" derdi. "Baş eğeceksin, kaçacaksın ama ilerde vurup almaya hazırlanmak için," derdi. "Bunun da ölçüsünü kaçırdın mı yandın, Dral Dede'nin dü-

düğü gibi kalırsın haa!" derdi. On yaşlarına kalmışım elinde onun, hem babam hem ağabeyim. Unutamam yok unutamam!.. Demiş ki: "Beni meclise almakla kaç denizci kurtulacak sanıyorsunuz?" demiş, demiş gülüşmüşler. O en ağır şeyleri söylerdi de yüzüne adamın, adam alık alık gülerdi; candan söylerdi çünkü. Candan söylemek ne demek bilmem, benim de attı mı tepem candan söverim. O kızmazdı hiç, duymamışım sesini yükselttiğini, bu yüzden onu herkes severdi, hoş herkes sevse ya sevmese ne olur, yatmış can çekişiyorum şuraya, candanmışım, candan değilmişim ne olacak sanki. Ağabeyime kim yetişti ölürken?.. Tepemi attırdı artık bir seferinde, tutturmuş "Supi'yi kim öldürdü?" Aklını kaçırmış sanki. Son günlerine doğru önüne gelene yanaşıyor, şöyle bir eğiliyor kulağına, soruyor: "Supi'yi kim öldürdü?" Aklını kaçırmış sanki. Bi candan attı tepem, "Başlarım şimdi senin Supi'nden," dedim, darıldık işte, dargın gitti benimle, kaptan ağabeyim.

İşin kolayını bulmuşlar. Bi güldüydüm ki o gün. Şuraya, bizim bu içinde öleceğim evin –içinde öleceğim; karar verdim gitmeyeceğim hastaneye– girişine yaptırdığımız camlık yere oturmuşuz karşılıklı baba kız, yakmışız cıgaraları. Hoş yobaz değilim ben, vermişim kızıma bu hakkı bir baba gibi Avrupalı, o sıralar giyerdi bir kara etek bir kara gömlek hep... Güzel bir gün gene böyle, titretiyor yelpazelerini gülibrişim. Bahçe duvarını sarmış çarkıfelekleri Nuriye'nin, Atatürk çiçekleri açmışlar donuk kırmızı saksılarına, mercanköşkleri, katlı küpeler, zilli maşalar, kirli gülsümleri... Karşı arsaya güneş sarkmış uzun otları boyamış mercan rengine, havadaki o koku Karadeniz'e olur tuz moru bir koku öyle, Nermin'in yanaklarına, saçlarına değdiğinde pembe bir koku, ona şu komşunun oğlu Doktor Naci'nin bir vakitler neden âşık olduğunu anlayıverdim o gün öyle görünce, gözleri yanıyo parıl parıl, konuşuyo canı gözükerekten, ona öyle bakınca onca yıl yediğim silleler felekten, onca yıl boğuşmuşluklarımın kirli suları aktı gitti içimden, oldum tertemiz. Kimseye kinim yok benim, kimseye kırgın değilim. Baktı yüzüme anladı beni "Ee babacık," dedi, "yaptın evini girdin içine, bakıyorsun karıcığının süslediği bahçene, yakıyorsun cıgarayı, kızın görmeye geliyor seni, sanki elli yıl önceki o forsa sen değilsin unuttun geçenleri..."

Rahat batar bu kıza, yarasız yere kurt düşürür; sustum çocukluğuna vereyim dedim, üsteledi. "Her vatandaş böyle yetmiş metrekarelik üç odaya, çiçekli küçük bir bahçeye sahip olsa, evlatlarını okutup dokutsa, iki üç kuruş da emeklilik aylığına konsa ne iyi olurdu değil mi?" dedi... Gene sustum... "Ama çoğu karnını doyuramıyor," dedi ardından. Şuna bak şuna, kendini sevdirmeyecek, mutlu olmayacak, mutluluk iğrenç bir şey sanki!.. "Senin son seferinden kalma viskilerin de vardır dolapta, doldurayım mı birer tane?" dedi. Ona kaptan ağabeyim gibi sesimi yükseltmeden, kızmadan, candan söyledim. "Bana yasak, su varmış karnıma," dedim, "Ne suyu?" diye sordu solarak. "Ne suyu olacak, olsa olsa deniz suyudur," dedim gülerek. Yüzü titredi, gözü döndü kelerbalığının sırtına birden "Alçaklar!" diye sıçradı havaya. "Hani o Sermet Vergin gaz dediydi! Alçak doktor, alçak düzen!.." başladı. Sıkılı yumruklarını sallaya sallaya bağırıyordu havaya Bolşevik bozması gibi. "Hâlâ onlara oy verin siz gidin de." –Seçimler yaklaşmıştı o sıra.– "Onların kurduğu düzen yüzünden bunlar, o pis gemilerde çektiklerinizi unuttunuz, size sokuşturdukları kokmuş yemekleri, kurtlu nohutları, böcekli hoşafları, köpeklerine bile yedirmedikleri..." Saydı döktü. "Tornistan! Ya bi de bana, Rusiye'de siroz kalktı mı?" Dinlemedi bile beni, "Geçer geçer, almalı önünü, alınmalı, alınmalı..." diye söylenerek gitti telefona. Kendisi değildi farkına ağlıyordu: ip gibi iniyordu gözyaşları yanaklarına, şaştım; seviyor beni kızım seviyor, benim de

68

gözlerim yaşardı, ben de ağladım. Damadı aradı telefonla, bu son doktoru buldular, halk çocuğu doktoru! Şimdi gene onu arıyorlar işte... Anadolu'dan gelmiş, küçük görmezmiş bizleri, elinden geleni yaparmış bu doktor... Bakıyorum da kimi zaman; neler getiriyorlar akıllarına, insanları nasıl ayırıyorlar birbirinden, bu güvensizliği duymak için neler geçti başlarından; cumhuriyet çocukları bunlar, düşmansız bir vatan bıraktık onlara Atatürk'le birlikte, ne savaş ne kıtlık gördüler, ne üseraya düştüler, ne Yonan dayağı yediler, ne gâvur bandırası düştü yeşil gölgesine gemilerinin. Hangi doktor, Atatürk'ün çocuğu olan hangi insan yavrusu tabanları boydan boya yarık benim gibi bir hastaya bakmaz, kötülük eder bile bile, aynı sınıftan insanlar değiliz diye?.. Arkadaşları da böyle bunların, konuşurum onlarla da, hıncımızı alacaklarmış toptan! Bir şeyler olmuş sanki ben seferlerdeyken, bir şeyler olmuş arkama bıraktığım dünyaya, bir şeyler olmuş da haberim olmamış benim?

Kapı... Nuriye açıyor gene... Melek Hanım bu, ataşemiliterin karısı, öte komşu, Sermet Vergin aile doktoru olan, mahallenin en kibarı. Sokuyor onu da kubura Nuriye, orada seyircisini bekleyen kanlı abdestimi gösteriyor. Nermin geçti yanlarına şimdi, "Siroz mu? Kanama mı yaptı? Ne diyorsunuz?" Kibar bir hayretler çıkarıyor. Karım: "Siroz yaa! Melek Hanımcığım, Atatürk'ün hastalığından!" Nermin: "Kala kala bu hastalığı miras kaldı babama!" "Aaa ne münasebet!" Anası şaşkın! Bunlar da hiç geçinemezler, çekişirler hep böyle. Bakalım ben ölünce ne yapacaksınız? Karım çeke çeke burnunu ağlamaya koyuldu gene, yanıma geldiler sonra. "Nasılsınız Hasan Bey, geçmiş olsun." "İyiyim, çok iyiyim Melek Hanım, artık Nuriye'ye göz kulak olursunuz, pek yalnız komazsınız onu." Herkes merakla baktı, "Ne var ki, hastalık da bizler için, geçer gider, kurtulursunuz," dedi kadın alık alık. Karım hıçkırmaya başladı, dışarı çıkardılar onu. Nermin çıkmadı. Kötülükle karşılaştığında katılaşır, kanı donar, "ıslanan tilki yağmurdan korkmaz" derler, öyle bu kız. Geldi oturdu yatağımın ucuna ayaklarımdan başladı, bacaklarıma, kemençeme, kemençemin sapına, çeneme, dudaklarıma, burnuma, gözlerime, kaşlarıma, alnıma, saçlarıma, kulaklarıma uzun uzun baktı, yorganın dışına düşmüş elime uzandı nabzımı saydı, "Ağrın var mı?" dedi. "Yok, şimdi iyiyim." Oturduğu yerden bacaklarının dibine, halıya dikti gözlerini. Şu halının limanlarına çok gemiler yüzdürmüşüm. Dedim ona ansızın: "Eee Nermin Hanım, söyle bakalım. Allah var mı, yok mu?" Sanki bu soruyu bekliyormuş gibi usulca çevirdi başını, gözlerime baktı dolu dolu, sustu, binlerce kez tartışmıştık bu konuyu, bekledim, "Söylesene," dedim kızmış gibi yaparak. "Ne bileyim baba sırası mı şimdi?" dedi, sesi boğuktu, "Sırasına ne var, ölüyor muyum yahu!" dedim keyifli keyifli, toparlandı, oldu katır gene, "Ne düşündüğümü bilirsin babacık," dedi. "Tanrı manrı yok şimdi, sömürenler var sömürülenler var," diye başladı çifte atmaya. Ulan şuna bak, babasının can çekiştiğini biliyor da bari ölürken gönlü olsun babamın diye Allah var demeye dili varmıyor, sanırsın benim değil, zangocun kızı keraneci! Hadi Allah diyemedin, Tanrı de ulan, diö de, kad de, de, de, katırca bir Allah de, her telden çalar baban, yedi dille bulaşığı var, bir şey de da!..

Hem de biliyor evet biliyor bu yüzden ben ne kadar acı çekerim, kendi kendimi yerim biliyor (*iğne iğne vücudüme*)... Evet suç benim, suç benim, ona tevekkülü öğretemedim... Tevekkül etmenin bir yenilgi olduğunu sanıyorlar, bir boyun eğme olduğunu sanıyorlar tevekkül etmeyi. Rıza göstermek başkalarının işine yararmış! Dünyanın yalancı nimetlerine yüz çevirebilecek güce erişmenin verdiği derinliği, nasıl başkalarından yükseklere çıkılacağını, olgunluğu, kemali anlayamadılar.

Hakikati böyle herkesle birlikte sosyalizmde aramanın ne avam bir iş olduğunu kavrayamıyorlar. Başkalarını geçmeyi değil, başkalarıyla eşit olmayı istiyorlarmış, felsefeden önce haklarını alacaklarmış, bizler derin düşüncelere daldığımız sıra başımızdakiler armatör olmuşlarmış... Püff! Hazırcevaplık bunlar! Kaç kez Mevlana'yı anlatmıştım ona, yüksek bir iş değil yaptığın, madem herkese benzememek istiyorsun gündelik düşüncenin dışına çık, şimdi herkes sosyalist bunları geçen bir şey bul, kemale er, ödeteceğiz onlara demekle iş olmaz demişim, Iıq!.. Nuh der peygamber demez! Yazık!.. Yazık! Evladıma yazık! Başı altına kalsın bunu böyle yapanın, iki elim on parmağım mahşerde yakasına olsun... Azıcık inanabilseydi, gönlüne koyabilseydim o ilahi kıvılcımdan, o kadar ki akıllıdır; doktor ölçtü biçtiydi kafasını, çok akıllı olacak bu çocuk dediydi. Akıl onu mutlu etmedikten sonra, üstelik doğru yoldan çıkardıktan sonra ne yapayım o aklı... Huzursuzluktan, yürek çarpıntısından, sevgisizlikten, sevgisizlikten yıkılıp gidecek bir gün; bir su kıyısına düşecek yüzüstü, içim yanıyor, sevgisizlikten, sevgisizlikten, en çok bundan ölecek, çünkü söyledi bana: "Bu düzenin vereceği her nimetten nefret ediyorum," dedi. "Size, sizin gibilere yapılanları bırakmayacağız yanlarına, biz değilse bizden sonrakiler ödetecek onlara, onların çocuklarına!" dedi. Çocuk bunlar, kolay sanıyorlar! Hem bunu senden kim istedi, hıncımı al diyen oldu mu sana, bir insan bu kadar hınç dolu olmak için bir şeyler çekmiş olmalı, heh! Ama dolu, hınç dolu bunlar (*iğne iğne vücudüme*), bu kadar hınç doluysa insan,,, hınçtan ölür insan be!.. Yok yok Allah'a inanmalı, bir sığınaktır o, bir dayanaktır, bir avunak... İlla da gökte değildir ya... Söylemişim bunu da ona, o senin içindedir demişim, o her yerdedir, havada, suda, ateşte demişim.

Ne ez hâkem ne ez âbem ne ez bâdem ne ez âteş
Ne ez arşem ne ez ferşem ne ez kevnem ne ez kânem

demişim.

Sen bir Allah'sın demişim, her insan bir Allah'tır demişim. "Ben sadece bir insan olmak istiyorum babacık," diye de alaya almış beni... Yetiştirememişim istediğim gibi evladımı, yetiştirememişim, ekmek parası için boğuşmaktan denizlerle, gözetememişim yavrumu, kalmış temelli anasının eline, o da buna öğretmiş hamur işi, hesap işi, dantela... Birer kaçkın bunlar; Allah kahretsin; sabah evi süpürür, öğleden sonra meydanlara bağırır, akşama meyhaneye, rakı içerler... Peki felsefeyle, yüksek şeylerle uğraşmak zengin sınıfının harcıydı da biz nasıl düşündük, nasıl inandık, savaşlar, hapisler, kıtlıklar arasına, nasıl, nasıl, nasıl haa?..

Evliya Çelebi'nin,
"Heyet ilmine vâkıf tarihçilerin sahih sözleri üzere, Karadeniz Nuh tufanının karanlık suyundan kalma bir derin denizdir ki derinliği seksen kulaç bir siyah denizdir..." dediği Karadeniz: Kızılırmak Yeşilırmak, Sakarya, Çoruh, Dinyeper, Dinyester, Volga, Tuna gibi nehir sularıyla beslenen, göçerten dünyadaki en eski uygarlıkları 2.200 metre derinliğiyle, Spindler'e göre 462.565 kilometre küp su kütlesi taşıyan bir ovadır ki tadı kimi yerde acı, kimi tuzlu, kimi tatlı olup, rengi sarı, yeşil, koyu mavi, karamsı mor olarak oynaktır. Kıyıda Hopa arasında denize paralel bir fay çizgisi Alp kıvrımları esnasında oluşmuştur. Mısır, portakal, karalahana, karayemiş, fındık, son doğu da çay ekimine elverişlidir ancak ve ancak. 1453'te kardeş yiyenlerden Fatih Sultan Mehmet'in İstanbul'u almasıyla ve Osmanlı İmparatorluğu'nun üstün deniz kuvvetlerine sahip olmasıyla Karadeniz bir Türk gölü haline gelmiş, yabancı savaş ve ticaret gemilerine kapalı kalabilmeyi başarmıştı. Akıl almaz bir şey.

93 Harbi... 93 Harbi'nden sonra Karadeniz, Karadeniz yeniden. Batum Rusiye'ye bırakılıyor, peçutalar* Kaynarca Anlaşması'yla Rusiye'yi tanımışlar, serbest balık olmuşlardır. *Kamus ül-Alâm*'a göre sancağın bütün nüfusu 138.423 kişi olup bunlardan 689'u Rum'du. Karışık mıdır benim de soyuma Rum kanı? Nuriye'nin dediği kadar, hiç olmazsa aşmamışızdır dört göbek Rum kanı, yani Yonan, kızına Despina'nın tohumu der Nermin'e, Despina, hani Uzun Hasan'ın karısı, Yuannes'in kızı Katerina, Uzun Hasan ki kafa tutmuş kardeş yiyenler soyuna, biz suçlu soyuz güya!..

Haaa, bu gelen Tahsin Kaptan, tanırım kapıyı çalışından, bastırır ki zile sanırsın uyumuş vardiyacı kovalıyor... "Ne o çarkçıbaşım!" diye bir daldı ki içeriye, karım sokamadı onu kenefe. "Hoş geldin Tahsin Kaptan, sen nasılsın, kalbin iyi mi?" "Şimdilik idare ediyor, eeh, ama bir kriz daha gelirse ben de yolcuyum!" "Hayrola bir başka yolcu daha mı var senden önce?" "Yoo... Sözgelişi yani!" dedi afallak. Damat girdi içeriye, "Biz adam olmayız, biz adam olmayız, düşmüyor numaralar bir türlü!" diye terini silip ve kapının dibinde süpürgenin yerini alıp. Nermin, "Bu düzende böyle olur işte bu işler, arızayı ara bir de?" diye yetişti. "Acelem yok, bir şeyim kalmadı benim," dedim damada, o gene telefonlu odaya seğirtti. Nermin çöktü yatağımın ortasına, nabzımı aldı eline sayıyor. Karım, Tahsin Kaptan'ı kolundan çekeledi dışarıya, bokumu gösterecek ona da... "Kaç?" dedim Nermin'e. "Yetmiş," dedi, doğru mu kim bilir?.. Seviyorlar mı beni bunlar, şu ilgilerinin içinde neler var, anlaşılmaz insanlar, iyi kötü baktım büyüttüm diye borç mu ödüyorlar, işçi sınıfından yana olduklarını ispata mı çalışıyorlar, hiçbiri değil mi yoksa?.. Yetmiş iyi, uykum çok, belki de bir yanlışlıktır bugün, düzelecek... Kırk sekiz saat vardiya tuttuktan

---

* Torik balıkları.

sonra bile çıkardım limana, doğru limana, Köstence'ye... Ne kadın o, peh peh peh! Gözleri sarı, yanakları var, konuşurken sanırsın tirsi yüzüyor içine denizin; açar kapar suyu, yanıp söndürür, kırıştırır öyle, kendisi de öyle; tutulmamış tirsi gibi yüzgeçleri pulları dikenleri üstünde... "Uyudu anne, yavaş," diyor anasına, bana sorsan hepten kaçık bu çocuklar, alırsın altına verirsin sopayı, verirsin sopayı, bak nasıl Allah da derler peygamber de... Kaçık, kaçık... O kırık vazolar, eğrilmiş siniler, eski mangallar, delik bakraçlar (*iğne iğne vücudüme*), Tatar gelininin piyanosunu da aldı götürdü çeyiz diye, geçiyor karşısına şimdi. "Biz kim piyano kim" diye gülüyor, özentiymiş bunlar, bizim fedakârlıklarımız burjuva özentisiymiş, kaçık desem değil, şımarık desem değil, oturmuş halıya limanlarımın üzerine:

Mahangâvur,
Çürüksu,
Koplet,
Çingtav,
Lima,
Rio de la Plata,

dikmiş gözlerini gemilerime,

Altay,
Adalet,
Kırlangıç,
Hocazade,
Ümran,
Raman,
Hacıoğlu.

Arada bir elimi okşuyor, bekliyor beni, iyi olursam... Zorla... İnanmam ama... Zorla götürüp okutacağım bu kızı, okutup üfleteceğim, hocalara mocalara; bir evlat kazanırım yeniden, iyi olursam...

Bizim oralarda verem, yağmur, kancalıkurt boldur. Güneş yoktur. Kancalıkurt, insan boklarını taze iken gübre olarak kullanmaktan olduysa da, bizim Doktor Korkut'un dediği; o sıra aç kalıp Rusiye'ye gidip madenlerde ve tonellerde çalışanların getirmesi de olabilir. Ne vakit ki bu kancalıkurt İstanbul yalılarına, Ada'ya, Terapiye'ye, Beykoz'a da oldu moda, dediler: Oralardan İstanbul'a çalışmaya gelenler getirdiler, otursalar ya yerli yerlerine, biz gidiyor muyuz onların memleketlerine, evi evine köyü köyüne, hem topraklarına petrol, bakırlı pirit, çinko, manganez, taa Cenevizliler işletmiş 1355'e; hani ya Vasilaki, Yani Yuvandi, Sirakyoti 4.000 ton cevher çıkarmıştı Birinci Cihan Harbi'nden önce, çıkarsın kendileri de, gelmesinler İstanbul'a!

Kaptan ağabeyime dedim: "Ne çağırdın beni buralara, istemiyorlar bizi." "Babalarının toprağı mı?" dedi. "Bu vatan hepimizin." Sustum. İstersen dön git baba evine, karamişin altına, verem, mandalina, portakal ve cumhuriyetle birlikte fidanlık, fidanlıklar ve çay, petrolün kökü ise hâlâ dupduruyor denize. Bizim oralar, dört padişah artığı o bizim yerler. Ceneviz'den alınma, kibar beylerin Kırım'a gidip gelip ticaret eyleyerek çuha, kontuş, dolama, yelek giydiği o vakitler, bizlerin deniz yüzüne ticaret edip, şalvar giyip astar destar sararak hamsi tuttuğumuz (karakıştan sonra gelen hamsinde çıkan balığımızdır hamsi), hamsi tuzladığımız, hamsi sattığımız o yerlere 9.000 Karadeniz gemicisiydik Sultan Murat devrine... Şaykalılar, Karamürselli olanlar, çekelveler, menkisler, kuru kayıklılar olarak boğulup boğulup hizmet ettiğimiz milletimize. "Ne o, Karadeniz'e gemilerin mi battı?" dedikleri Karadeniz'e. "Sayıklıyor," diyor benim için. Sayıklayan kim, ömrünce sayıkladıklarını bilmiyorum sanıyor: O herifle kaçmaya kalkmalar (*iki vapur koşa koşa gidiyorlar kızıl paşa*), sonra o öteki çengidilâra (*kızıl paşa neylerim getir çizmemi yiyeyim*), yüzüne vavı kalmamış bir harharyas balığı (*çizme sandık içinde*), babacığım biz evleneceğizler, sosyalist bir film artistiymiş (*sandık sepet içine*), harçi girdi içine düğüncü karısı gibi yerleşti bi köşeye... Bir de dilli ebesi işemiş ağzına... Ben kızının aklına âşıqım sadece... Paklaya senin aklını; dinledim dinledim ayran gevenin biri, kuyruğundan elek olmazı aldın geldin babana turp sıkayım aklına, cinler çıktı kafama kalktım gittim bir filmine, girmiş karı kılığına, evin beyine kıçını çimdirtiyor bi civelek, soğukkanlı olmalı kaptan ağabeyim gibi candan, öyle konuşayım ki bir, işlesin sözlerim ciğerine ince hüzünlü ve çırpıntılı aşır okurkenki sesimle başladım... Hayatımın en natık nutkunu verdim çekerek:

Kızım! Ağzına bal olanın kuyruğuna iğnesi vardır (*iğne iğne ucu düğme*), ağlatanın yanına otur güldürenin oturma, ağır ol batman döv derler sen ne döveceksin? (*Belberiça bel kutitça.*) Şu koskoca İstanbol'da ki sen iyi bilirsin bu geçmişi boklu İstanbol'u (*çomağ attım tatulitça*) Bizans'ı, o bin kocadan artakalmış bive-i bakiri, ki ben ona uydurmuşumdur bir beste:

Munis fakat en kirli kadınlar gibi munis
Üstünde coşan giryelerin hepsine bîhis
Te'sis olunurken daha bir dest-i hıyanet
Bünyânına katmış gibi zehrâhe-i lânet

diye bir şarkı acemaşiran makamında, babana damat diye bula bula bu harçiyi mi buldun, o çengiyi mi, asil atalarının şaykalarına, büyük dedelerinin kılıçlarına, daha büyük dedelerinin samur kürklerine o çengiyi mi?! Sana verdiğim terbiyeye layık bir evlat ol, yüzümü kara çıkarma, boşa koyma emeklerimi, yediğin ekmeklere taş atma yavrum... Daha sonuna gelmeden aldı aykırı çıktı gitti. Gönderdi bana annesiyle haber ki "18'imi geçtim istediğimle giderim." O oldu, daldım odasına: "Senin sıçarım 18'ine dedim, seni şıradan çıkmış şam şeytanı seni", iki tane sardım suratına, ben sana tam bir İngiliz maren centilmeni gibi davranayım, sen bana adi bi Laz kızı gibi "kaçarım ha" diye söz salla, neyi var nesi yok doğradım, kazaklarını, eteklerini, paltosunu, papuçlarını koparamayınca fırlattım bahçeye, iyice öteye, kara saplandılar, kırdım geçirdim evi, Nuriye'ye saydım sövdüm, daldım yatak odasına tutturdum kendi bestemi:

Hep levs-i riya dalgalanır zerrelerinde
Bir zerre-i safvet bulamazsın içerinde

Kapandı odasına, günlerce çıkmadı, kimseyle konuşmadı, yemedi içmedi, "Sefere çıkıyorum" güle güle demedi. O sefer gittik Natal'a yazdım ona mektup yumuşak, kart attım, dönüşte sarılıp öptüm bağrıma bastım, o gün bugün takıldı diline bir "babacık" o babacık bu babacık... Gene şükür, sonuna bunu bu konaklara sığmayanı buldu da aklım kalmıyo arkalarına... "Uyandırmayın uyandırmayın hemşire, ben gene gelirim biraz açılsın da" gidiyor Tahsin kaptan.

— Hemen hastaneye, sarsmadan getirin dedi doktor, kan verecekler.
— Doğru söyle oğlum, çok mu tehlikeli durum? Saklama benden.

— Yok bir şey üzülmeyin, tabii kan kaybetmiştir epe-
yi, atlatır.

(Bok atlatır.)

— Ah! Evimin temeli çöküyor, ocağımın direği yıkılıyor,
bir tanecik hayat arkadaşım gidiyor!

— Yapmayın Nuriye Hanım, gözünü açar da sizi böyle
görürse ne der!

— Böylece hiç kımıldatmadan arabaya taşıyalım.

— Durun durun, pijamalarını değiştireceğim kocacığımın.

— Pijamanın sırası mı şimdi anne.

— Sarsmasak iyi olur.

— Dolabın gözünde, getir mavi pijamaları.

— İstemez, dedim pijama mijama!

— Olmaz, böyle göndermem onu elalemin içine.

— Hay Allah!

— Senin sözün geçmez bu evde.

— Peki peki giydir hadi.

— Elbette giydireceğim, ellerimle hem de, bugünlere giy-
meyecek de ne günlere giyecek onları.

Konuşabilsem, bi damla sesim çıksa, dilim dönmüyor ga-
liba ya da kımıldayamıyorum, çizgili pazen Sümerbank pija-
malarımı... Gözlerimi açabiliyorum, bu günsüzler ister misin
sahiden atsınlar beni evimden dışarı, görmeyeyim bir daha
odamı, odamı orta yerinden çatlak tavanı Adapazarı zelze-
lesinden kalma, ak badanası Hüseyin Efendi'nin boyaması,
bir de o deliği hangi odadaysam, kimin bu öne arkaya salla-
nan kafa, bu ses, dua, kim bu kıpır kıpır dudaklar, içinde bu-
lunduğum kendimi uyuyup uyandıkça (*iğne iğne vücudüme*):
Hayriye Hanım'ın evlatlığı bir polisle yakalanmış, almış bal-
kondan içeri polisi gebe kalmış... Bu oda o oda mı?.. Bu çat-
lak... Bu delik... Bu göz oğlumun gözü mü?.. Oğlum var mı?..
Oğlum sarı oğlum ölmüş müydü benim? Burası benim odam,
karşıma buzdolabı, komodinin üzerine şu kutu, teneke, Ada-
let vapurundan beri taşırım onu gemime, dikiş kutumdur be-

nim, bi gemi, bi gemi olsa şimdi, bir küçük makas, iki makara, dolaşıp ipleri çözerim uykum kaçtığında kamarama...

LES SEULES CIGARETTES
TUROUES AUTHENTIOUES

bir yüzüne,

CONSTANTINOPOLE
CIGARETTES REGIE DES TABACS

öteki yüzüne,

DES TABACS DE l'EMPIRE OTTOMAN

kapağın içine, altın yaldızla, ne yaldızmış be ucu bile soyulmamıştır bunca yıl. Samsun tütünü o vakitler, sarardım cıgarayı Samsun tütününe yeşil, Samsın, Amisus Roma Yonan kucağına büyümüş kısa lifli yaprak vermiş iğne gibi birkaç tane topluiğne (*iğne iğne vücudüme*) bir beyaz bir kara makara, jilet, düğme (*belberiça, belkutitça*), işbaşı tulumlarım, sintineye, yırtıldılar, yenilerini aldım Rastanura'dan, oğlum muydu benim sarı sekül Kızbeni atım mıydı (*çomağ attım tatulitça*), tannurede hani gemim,

Kilitleri *ağamdadır*
Ağam mağam ne ister
Altın başlı kuş ister,
Yedi dağı geçirdim
Yedi dağın kilidi
Kapımı vuran kim idi
Halil oğlu musacık
Kolu butu kısacık
Bi tekme vurdum yıkıldı
Burnu boka dikildi...

kırgın

II

Bu yıl yaz erkenden gelecek. Denizin beyazı dolacak, tütsüsü uzayacak göğe, sarı tüyleri yel vurdukça sararacak Polanegri'nin. Neresinden kopacak fırtına, patlayacak neresinden su, kozkavuran, turnageçen, hamsin, kokolya? Bensiz gelecekler. Erken bu yıl yaz, denizin beyazını maviye dolduracak, göremeyeceğim.

Bu mavi picamalarımı, buzdolabını bu, önünde damadın hâlâ çakılı kaldığı. Amerika'dan getirmişim. Bakır'la, Bakır "sosyete şilep"ken, Denizyolları'na geçtiydi "sosyete şileplikten", ilk Türk gemisiyiz biz harpten sonra Amerika sularına. Amerika sularına ben, davıntavna MEYZİ, dokuz yüz kaç oluyor. Dokuz yüz otuz beşe Üsküdar vapuruna koptu bi fırtına, Zonguldak limanına, bir uğultu, koptu bütün gök, bacalar yanlandı, kırıldı ve düştü, kırık bacalar doldu limanın içi, gemi, deniz, bacayla kaplandı, otuz altı otuz altı şubattayız Zonguldak'a, bi deniz kaptı bizi, bağlı olduğumuz rıhtıma başladı çarpmaya, alıyo çarpıyo, alıyo çarpıyo, yaralıyo tekneyi, büyüyo yara, ambarlar, makine dairesi, kollar, bacaklar, başlıyo kanamaya, olduğu yere oturuyo gemi, bacalar, bacalar, bacalar... Yarayı, dalgıçla altından branda bezi paletle sararak, içerden kason yaparak ve Kalkavan va-

81

puru refakatinde dönüyoruz İstanbol'a, yaradan su geliyor, kan akıyor Ereğli'nin oralarda, Karadeniz hepten kırmızıya kesiyor... (Karadeniz'i görmüşüm bir de böyle Trabzon açıklarına kıpkızıl, Suphi'nin boğulduğu yere...) Mal sahibi dedi "Ne parası vereceymişim size? Çalıştınız, karnınız doydu, üstelik gemimi yaraladınız, bacayı koparıp sattınız, peydof, oksa, hoşt..." Nermin diyor, "Bırakmayacağız yanlarına!"

Bakır'la "sosyete şilep"ken devredildim Denizyolları'na, Sevr Anlaşması'yla savaş ve barışta kayıtsız şartsız açık kalan Boğazlar'dan torikler geçmiş, kar suyu kaçmış kulaklarına, gelmişler Sirkeci sularına... Bakır da Sirkeci'ye kömür deposu gibi şehir hattı vapurlarına kömür veriyo. Kar tipisiyle aborda olmuş. Rıhtımla iki metre açıklık, 10 metre uzunluktaki boşlukta torikler uyuşmuş, vurmuşlar suyun yüzüne yarım metreye... İnsanlar, biz insansak aç... Açız... Üç metre boyunda demir bir çubuk... Kancalıkurdu getirdim aklıma, eğeyle uçunu incelterek eğdim, getirdim aynen kancalıkurdun kancası biçimine, hiç unutmam o sevinci, indim rıhtıma başladım kancayla torikleri tutmaya, bir, bir daha, bir daha... 64 tane peçuta* 15'ini bir çuvala koyup eve getirdim, iki gaz tenekesi lakerda yaptım. Şehir hatları Kadıköy vapuru kaptanı olan, Tatar'dan piyanosuyla dul ağabeyim izinli, evde... El dokumasından bir gecelik entarisi sırtına, peşkirden kesilme, şaştı: "Aferin sana Hasan, bunca balığı nere buldun Hasan, aferin sana aferin!" Kalanları mürettebata dağıttım sevindiler, sevindiler... Oradan çıktık gittik Amerika'ya hayat bu... Balık kırgınına karnını doyur, Meyzi mağazasından ipekli, açık mavi picama al, buzdolabını da al getir evine... Kızıma hep anlattım... Anlatamadım... Böyle sağ sol diye insanları koparamazsınız yaşamların içinden, yaşadıklarından tiksindirerek, küçük görerek geçirdiklerini baş edemezsiniz,

---

*   Torik balığı.

hayatın içine zurnalar, cıgaralar, buzdolabının tık tıkları, şu ses nedir, öğlende çaldığı gıygıyları Orhan Boran'ın, böbrek sancıları, Tuzla içmeleri, düğünler, üseralar... Yapamazsınız, tek mantıkla deli olur insan, korkutuyorsunuz insanları, kilise çanlarını özleyen bir Müslüman olmaz sanıyorsunuz, kesince ikiye ayrılmaz insan... Bir insan nedir?.. Bir insan. Gürcü, Nuh, Merkil, Laz, Arap... Ben 1294 Marco Polo 30 yıl sonra İbnibattuta'nın ziyaretine gittiği Tebriz miyim? Ermeni, Rus, Tatar, Rum değil midir her insan biraz? Allah aslımızı unutmamızı ister. Ermeniler Arbela'da imişler Asur yazılarına göre, en eski ve köklü büyükken, Sümerliler zamanından beri hiçbir boyunduruk altına girmemişlerken, eğdim mi boyun ben? Hayır. Kimse bunu konduramaz bana... Allah aslımızı unutalım ister, elimizde insanlığımızdan başka bir şey kalmasın ister, aslımızı kaybettirir bize, eritir bizi... Karımı memlekete gönderip katıldım çeteye, belki de bu yüzden kargışladı Allah beni; Kafkasya'lardan, Tatarlardan, Pontuslardan gelme bir insanlar olup özdillerini bilmeyip, konuşmayıp, bozuldukları için yüzyıllardan gelen dillerini unutup diz çöküp Gazi'ye. İnsanların olmalı mıydı künyeleri taştan? Mermer üzerine oyulmuş? Nasıl Daryüs'ün Ekbatana'da (Hamedan) var dağlara kazılmış künyesi? Hiç olmazsa evlerin kapısına kazılmalıydı künyesi mi mezar taşları gibi? Ama evler durmaz, atılır, dağılır, oradan oraya yığılır insanlar. Aslıhuneslihu derdi Romrom Anam, ben ki her limana bir roman, yetmiş sekiz Türk-Rus harbinden sonra Batum'u bıraktım Ruslara çünkü Osmanlı Türk devletinin donanmasında en iyi bahriyeli babam, İngiliz kralı gelince, eşkina* gibi durur en ön sırada. Yıl bin dokuz yüz on yedi. Mustafa Kemal'in milli mücadeleye başlamasından önce daha biz, Abu ve Fırtına deresine ilk kahramanlık örneğini veriyorum; vücut ve şarapnel parçalarım yağıyor gökten, Laz anaları cephane silah taşıyor Moskof gâvurunu öldürmeye, elimde birkaç eski

---

* Karadeniz sularında yaşayan bir cins balık.

mavzer ve av tüfeği bir orduya karşı savaşıyorum, aslen Rizeli olan hemşehrim jandarma yüzbaşısı Kahraman Bey kumandasında... Bir avuç Rizeli'yim Taşlıdere sırtlarına, yurdu savunarak ölmüşüm, işgal kumandanı şehidimin mübarek cesetleri önünde durup çakarak bir selam demiştir ki: "Bravo, asker dediğin böyle ölmeli, kendi kendine!" Bu şehitlerin şehit olduktan sonra arandı cepleri, bulundu birkaç kuruş, Taşlıdere'de bir çeşme inşa edildi ve yazıldı o kuruşlara:

Hat çekip damga bırakma
İki üç yaz, bir iki
Arifanlar anlasınlar ne imiş bu hata ki
Biz vatan kurbanıyız
Şehitler çeşmesine gel
Fatiha vir, kâse sun
Hurilerin derneğine

Aylarca işgal altında kaldım ve mart bin dokuz yüz on yedide, şanlı ordumuz girerek kurtardı, o sırada Şark Cephesi kumandanı Vehip Paşa kurmuştu karargâhını, Hurşit Çayı'na; biz bu yazıyı bu çeşmeye yazmakla göndererek yüzbaşısını (Emekli General Muhittin Salur) Rize'de halkla ortak (halk bana derler) bir demokrasiyle geçici bir hükümet kurup, sağladı emniyetini, hiç unutmam kırk beşinci yıl radyo konuşmasını (artık radyolarımız da var) Sadık Uluşahin'in...

Bu konuşmayı, ben kamaramdan çıkıp sağa dümdüz yürümüş, mizana payı üzerinde birkaç volta attıktan sonra kıç gönderinin dibinde durmuş, pervanenin güm güm dövdüğü suları seyretmiş, bin birinci çeşit yeşilini görmüş suyun, yeniden kamarama dönmüş, jurnal defterimi yazarken Karlkızrona'ya doğru giden Seferoğlu şilebiyle vatan sularından üç bininci mil uzaktayken radyodan dinlemişim, gözlerim sulanarak...

Lobotesler, lobotesler ardımdaki suda gevrek dirilişlerdir, kavgacı, çeviktirler, hava açık, rotayı bulmuşuz, böyle güzel, çok güzel, gökle su, suyla gök... O koca mağazayı görünce şaştıq. Bakır'la gitmişiz buraya,

"GÖĞE ÇIKAN SARMAŞIQ AKLIM ŞAŞIQTIR ŞAŞIQ",

bir de kılavuz balıkları takılı peşimize, o Amerikan karıları hep ortada Meyzi'de, gel giti yapan onlar; Karolayn, Doli, Cudi şu mavi picamaları ver dedim verdi şöyle bi tuttu yüzüme doğru, titredi... Soğuk, soğuk aylardan ne, "ne diyor" diye soruyorlar birbirlerine,

Atmışında yat,
yetmişinde kalafat,
sekseninde suya at,
doksanında donat,
yüzde yüz,
kasım yüz elli,
yaz belli...

anlamazsınız ya, gâvur cesedi gibi ne süslüyorsunuz beni, halk doktoruna görücüye mi çıkacağım, çekilin başımdan, koverin yakamı, gözlerimi aralayıp bir baktım, karşımda burunlarını çekip duruyorlar... Mavi gözlerimi...

Bakın buraya: Şemsettin Sami'nin mavi gözlü, kırmızı ciltli, sarı saçlı, kemerli burunlu adamlardır, zeki ve çalışkan olurlar, lafları bolcadır dediği adamlardan biri ölmek üzere... Hiçbir şey yapmadan. Damadın yüzü kalınlaşmış, Sinan Paşa'nın torunu karım ömrümce ataşemiliter karısı olamadığının acısı içinde... Ondan mıydı o soğukluğu yoksa?.. Sanmam... Picamanın altını giydirmiş ayağıma... Sinan Paşa inatçı, intikamcı

ve zalimdi... Aylardır haşlama kabak, öküz eti, hoşaf bana, ra-
kıyla kalkan balığı size, hani sizin halk doktorunuz iyi edecekti
beni, hani milodyalı hamsi, minci, pepeçi hani, aç gidiyorum
öteki dünyaya aç... Utanmadan halk çocuğu diye... Ötekiler
ne çocuğu peki, ötekiler ne çocuğu peki, utanmadan yüzüme
karşı dedi: "İşçisin sen baba, işçiliğini bil, sınıfına ihanet etmiş
olursun baba!.." "Defol, defol karşımdan ander kalası kayba-
na, işçi sensin, benim dedem derebeyiydi, benim babam kapı-
kuluydu, granddı apoleti, onun dedesi 100 bin akçeyle ayrıl-
dıydı emekliye..." "Bunlardan sana ne, patron seni attığı gün
açsın sen..." Ardından bağırdım boğazımın tüm gücüyle, yeri
göğü inlettim: "Aç sensin, zalim Sinan'ın torunu, odun kuy-
ruk, aç sensin, hiçbir şeyin değeri yok mudur sizce; Hasan Pa-
şa'ya karşı gelmiş, Fatih Sultan'a kafa tutmuş bir dedelerin, şa-
toların değeri yok mudur, sizin kitabınızda neye saygı edilir,
hepinizin asıl istediği ötekiler gibi zengin olmak, sefa sürmek
değil mi? Kominislik büyüklere de her şeye de saygısızlık mı-
dır ha? Kim öğretti bu soysuzluğu sana, ben canımı ummn-
lara yedirirken kim ha?" Sesime anası geldi, "Sus kocacığım
kurbanın olayım sus, konu komşulara rezil olacağız!" "Hee!
Ol ya ataşemiliterin karısına rezil ol, sen yaptın bu kızı böy-
le, babasının karşısına geçiyo da 'Sen bir amelesin' diyo ona.
Amele. Amele odur o!.." "Hırslanma, hırslanma, ben ona
söylerim, çocuk daha, öteden beriden duyuyor bir şeyler ka-
pıyor, onunla bir olunur mu?.." Kaşları alnına çıkıp çıkıp ini-
yor, sinirlendi miydi böyle olur. Burnumu karıştırmaya baş-
ladım ben de bakıp onun alnına. Ben de, ya kulağımı ya da
burnumu karıştırırım sinirlenince, karım delirir buna, delir-
sin diye iyice, kızına verdiği terbiyeye bak!.. Ne diye okuttum
ben bunu, okuttum ki babasına pay versin, onu küçümsesin
diye, küçümsüyor hâlâ küçümsüyor, gelirler şöyle bi, uğrar-
lar bana nasılım diye, yok şunu ye bunu yeme, hadi bize ey-
vallah, doğru partiye yok bilmem nereye bok yemeye... Ulan
eğer o sizin sosyalizminizin eski babalarına ayıracak bi vakti

yoksa, sıçayım ben o sosyalizmin içine... Babasına bunu yapsın bunca köpeğin kahrına boyun eğip onu yetiştiren babasına?.. Ütülü beyaz pırıl pırıl bir mendil koydu dizimin üzerine, büsbütün soktum parmağımı kemerli burnumun dibine... "Yapma Hasan, ayaklarının altını öpeyim çek elini burnundan!" Kaşları saçlarının içine fırlıyor artık... "Oy neden çekeceymişim Ferhat Ağa'nın son torunu?" dedim ona, –bu ailenin zenciri tükendiğinden de dertlidir karım– "burnuma da mı karışacaksınız yoksa? Yoksa burnunu sadece işçi sınıfı mı karıştırır sanıyorsunuz ha? Oy sıkayım bi kavara senin aklına!" Bu laflar zıvanadan çıkarır onu, kudurdu "Sen sabır ver yarabbim illallah bu adamın şerrinden!" diye dışarıya fırladı. "Nermin kız Nermin buraya gel!" diye çınladı, ondan alacak hırsını, vurdu mu hayın vurur, "Nedir bu senin yaptıkların bre şırfıntı?.." Bi çığlık attı kız. "Nedir bu çektiğim sizin elinizden ha, bi deli balak başımda zaten bir de sen mi çıktın kaltak, sınıf da sınıf diye gâvur kasnağı gibi ne gerilir durursun, beğenmezsen bizi çık git, git kendin zengin sınıfı ol, Despina'nın tohumu, tüyü bozuk!.." Kızım! Mendili attığım gibi fırladım; bir eline saçlarını dolamış, ötekiyle indiriyor yüzüne... "Seni Rumeli Çingenesi seni, sen benim soyuma gâvurluk bularsın haa!!.." Var gücümle indirdim, "İmdat, imdat!" diye kaçtı geçti içeriye, arkasından kilitledi, Nermin, hıçkıra hıçkıra ağlıyor kurtaramıyorum ellerimi, "Yapma babacığım ne olur beni dinle, gitmelisin, gitmelisin hastaneye, iyi olmalısın?" Kaşı patlamış su iniyor yüzüne... "Ben sebep oldum, ben sebep oldum anne! Anneciğim, annemi dövdürdüm!.." Hıçkırıyorlar. "Cahillik bunlar, önüne geçmeliydin, anneciğim anneciğim..." Kurtardım ellerimi. "Kapa muncurlarını ağlama hadi gitmiycem, bu evde ölücem, burada dizlerinin dibinde, gözünden mi kan sızıyor, saçlarını niye yüzüne örtüyorsun, neden böyle ağlıyorsun, ağladığını hiç görmemiştim böyle, seni seyretmeye dayanamıyordum zaten; ölmek daha iyi, ama kendi evimde, sizin elinizde, dizlerinin dibine, bu odaya, bu limana, bu sulara, kaldırın beni, bu halı değil deniz bu, orası poti, potiye basma, deliği tıkayın, kediyi dışarıya atın, bakmasın, sıçramasın üzerime, ben ne dedim sen ne oldun, hiçbir şeye aldırmıyorsun, 'ne derlerse desinler', tutturmuşsun bir 'ne derlerse desinler', o çevrene birikmiş orospu çocukları ardından neler dediler, bana memleketlilerim neler dediler biliyor musun? Sus ağlama hadi, aldırma, 'Senin kızın komonist olmuş önüne gelenle' bir baba için bu ne acıdır, ölmeden söylemiştim sana, 'Onlar beni yıldıramazlar, benim o taraklarda bezim yok, benim hesabım başka' dediydin. Hesabın çıktı mı? Ağlama, ağlama da söyle hesabın çıktı mı bari? Çıktıysa söyle de rahat öleyim, hep bekliyorum hep hep... Çektiklerimden sana ne; onun oğlu İsviçre'de okurmuş okusun, o bir gecede binlerce lira ütülürmüş kumarda ütülsün, yıllardır geçip karşıma bakıyor, gerçeği öğrenecekmiş, hangi gerçeği, suç istiyor o, ben ona güzel şeyleri, ütü, o rakıyk bestekârın ağırdüyek usulünü diyorum, Tatar yengeyle birlikte çok çalışıp söylemişiz:

Yâr açtı taze yare sine-i sad pâreme
Gayri el çek ey felek vâkıf değilsin çareme..."

Tanrı Medeni Aziz Bey'in Çürüklük kabristanında yatan naaşına rahmet etsin, kaptan ağabeyimi Eyüpsultan'a annemin yanına gömdük, kırgındık, tarih? Tarih kaç ağabeyimin dargın gitmesi benimle?.. Hep Bolşevikler yüzünden... Sevmem Bolşevikleri, Enver'i o tutturuklu Enver'i öldürdükleri için değil, enveri serpuşunu da giymişim ben, onu bizim akıllı Karadeniz yutmak istedi, geri göndermek istedi, istemedi üzerimden aşırmak, kır ata binmesin, Afgan kılıcı kuşanmasın, gitmesin Bolşeviklerin üzerine, mitralyözlerle delik deşik edilmesin diye, yooo, ille gidecek, çünkü bi fal baktırmış: "Ey sen, ordulara kumanda edeceksin, bütün düşmanı yeneceksin, taç giyeceksin..."

Saltanat tacın giyen âlemde mağrur olmasın,
Nice sultanın börkün almıştır bad-ı hazan

... giymiş börk, cemali serpuşu, kavuk, fes, kalpak ucuna var ibiği, neden sevmem Bolşevikliği Novorosisk'teyim ki, yıl gene tarih, ya on dokuz ya yirmi kutluyorlar Bolşevikliği 1 Mayıs, bizimkiler Ankara'da kutluyor 1 Mayıs'ı Atatürk'ün himayesinde, biz Sulh vapuruyla Novorosisk'teyim, kırmızı kızlar geliyor atıp bizi mavi troykaya, kanatlanarak; "Biz işçileriz, büyük emeğin gözbebekleri" diye bir şarkıyla, kucaklarımıza Harb-i Umumi'de Giresun'a kadar girdiler, içki, havyar, kazaska, balalayka, ben parçalanmışım, şarapneller havadan, kapik, gümüş, manat,* suç nerde ama? Benim mi bu kız? Ne bekliyor burada? Karşıma oturuyor, gerçeği, suçu bekliyor... Bahricedit'le Mustafa Suphi'yi Sinop'a taşıyor, ağabeyim cıgara ikram etmiş ona, kırk-kırk beşlerinde Fransız pipo içermiş, kravat takan, gözlüklü, sıska, tuhaf bir herif, bıyıklarıyla oynuyor. Bu bıyıklardan ne kadar çoğaldı şimdi, ben o doğmadan bilirim osvobocdenya trudayı, çörnoye morneyi, kemali kalpak, kromki vodki'yi... Neden hain oluyorum ihanet ediyorum sınıfıma şimdi? Bu sözler de yeni, soysuz!.. Eskiden hain büyüklerdi, bize düşmezdi... Şimdi? Şimdi hain herkes, herkes jurnalcı, son günlerde iyice tutturuktu Ahmet Ağabeyim dönüp dönüp soruyor: "Suphi'yi kim öldürdü, Suphi'yi kim öldürdü?.."

---

* Eski Rus paraları.

89

Ahmet Kaptan

III

"Kadıköy" vapuru Ahmet Kaptan'ı, devletin verdiği resmi lacivertlerinin dizleri, dirsekleri ve kıçı kaptan köşkünü tarayan güneşle aynalanan, kırmızı yanaklı, mavi gözlü, iri burunlu, iriyarı, çevresindekilere durmadan anlatacakları olan, kahkahadan kıran geçiren ortalığı, kırklarında yakışıklı bir adam vapurunu iskeleden ağır ağır ayırdı. Geminin toparlak kıçı azıcık sıyırırken iskeleyi, bir tuhaf gıcırtı duydu içinde Ahmet Kaptan, "Olmadı, incittim gemimi" gibi bir düşünce yaladı yüreğini bir anlık, sonra gözlerini hırsla iskele üzerinde dikilmiş kendisine bakan generale döndürdü.

Generalse:

— Bunu sana söylemek istemezdim ama, böyle bu kaptan. Davlumbaza doğru, ellerini boru boru yaparak ağzına bağırdı... Ardından sivil giyinmiş olduğu halde elini alnına dikerek askerce selamladı gemiyi, gemi kıçını generale doğru köpürtmüş Kadıköy-Kınalı-Burgaz-Heybeli-Büyükada. Büyükada-Heybeli-Burgaz-Kınalı-Köprü seferine atılmıştı. Ahmet Kaptan, "Sefer, ulan Sefer!" diye serdümene seslendi. "Buyur beybaba?" dedi Sefer istifini bozmadan ve gözünü ayırmadan yaracağı sudan, "Ulan hiç mi duymadın doğru söyle?" dedi. "Vallahi tallahi duymadım, beybaba," dedi Sefer. "Tükürüyüm böyle işin içine ulan," dedi Ahmet Kaptan, geminin önünde apaçık gümüşlenen suya baktı, "Ver şu dümeni bana, in aşağı bir bir sor tayfalara, Suphi kimdi, Suphi'yi kim öldürdü?" dedi. Sefer ses etmeden bıraktı dümeni, merdivenleri ikişer ikişer atlayarak aşağıya indi kamarota, "Bi şekerli kahve," dedi.

Kim ister karısını kızını elinde kürklerle limanda doldurur görmek kömür gemilere, kim ister 1 Mayıs'la troykalara yelken açmış kızlarını elin amelelerinin kucağına Tamara, Dünyaşka, Manuşka, Netoçka olmuş kızını? Halıya basma.
Batumdan başla
Mahangâvur
Çürüksu
Koplet
Şefketil
Güngület
Poti
Çamçıra
Çalışan dinsizler ordusu... Allah unutalım ister evet aslımızı, yaradılışımızı çekik gözlüleri, elmacıkkemiği fırlak olanları, derisi sarı, kırmızı, yeşil olanları, boyu uzun sarışın boyu kısa karaşınları unutalım ve hep bir olalım ister, unutturmak için eza yapar bize, ancak Allah suçlayabilir bir adamı, hainlikle bir o yargılar, şimdi bunlar bu kıçı kırık zıpçıktılar dikilip adamın karşısına... Dinsiz olmaz, Hacı Mahmut Efendi Dayım tabur imamı Turgut Reis'in, o vakit hep kuvvet-i diniyesi var orduların... Her Türk bir Atatürk etmiyo daha... Cebinde simit yason, belinde brovningi Sakarya kıyılarının ölümsüzlerinden biri bizim İpsiz Recep'i gömdük satarak ta-

bancasını Nagant, ben bir kurşun aldım düşürdüğünde beni
sekül, sarı gözlü atım, adı Kızbeni.

Kutayis

Kudavuta

Bacında

Keçiler

Veysula

Toapsu

Soça

Ömer Efendi Dayım doğancısıymış padişahın, tarihçi Ah-
met tarihmiş, içer gibi yapar ama içmez yere dökermiş, 1914
bir tarihmiş, Zigana bir geçit, Amerika bir yer...

Gabardinka

Sogucak

Novorosisk

Anapa

Geldik mi yarısına, kaptan ağabeyim Ahmet Kaptan MM
grubuna. Döndü sertçe generale: Ziya Hurşit'i neden astınız?
Ali Şükrü'yü neden vurdurdunuz Osman Ağa'ya? Ağaların
ağalığı dururken Osman'ı Türk askerine, insanı insana kır-
dırdınız neden? Suphi'yi kim öldürdü?

Şıngılık

Plavşanka

Gerç

Mayranpol

Teodosya

Rauf Orbay başvekil, onu indirip kimi bindirdiniz gemiye?

Koz

Otuz

Sloska

Ayağın duvar başın göl olsun, sen yapmadınsa kim öyley-
se, Latife Hanım, Latife mi yaptı?

Aya

Bahçekale

Sivastopol

Görsun

Odesa

— Suphi'den ne istediniz?

— Onu öldüren sizsiniz, dedi adam.

— Doğudan kaçsaydı Kürtlerin üstüne atacaktınız.

— Yaa; bilemedimdi, gireyim de meclise beni de vurdurun size!

— Sakın Suphi'yi de öldürmesin Bolşevikler!

Gülüştüler.

— Mecliste hiç kaptan yok, hadi gel çevirme beni.

— Gemimi kaldırmam gerek ey sakil hamule, şu paçalarıma bak, resmi takımımın tiftik tiftik olmuş parçalarına bak, kardeşimin karısına kızına ben bakıyorum, üsera kampından sonra iki yıl işsiz kodunuz onu, şimdi de düştü karı kız peşine, bakmıyor evine, hadi çık git gemimden.

General kızarmadıysa da pembeleşti ve gemiyi terk etti. Ağabeyim ağır ağır iskeleden ayırırken gemisini, bir tuhaf gıcırtı duydu içinde. Akşama yolumu kesti:

— Açık konuş, Suphi'yi sen mi öldürdün?

— Şaşırmışsın sen! Ben o sıra değil miyim esir üserada?

— Her şeyi üseranın üstüne atma, doğruyu söyle bana.

— Bana bak, al aklını başına, bunca adam ölüyor; Romrom Anam ölüyor, babam ölüyor, anam ölüyor, oğlum ölüyor, Suphi'den ne bana! Onu bu milletin kolektif vicdanı öldürmüştür olsa olsa.

— Yalan, yalan, bu milletin kolektif vicdanı yoktur ki öldürsün Suphi'yi, bana bir tek suçlu gerek hem ki alayım hıncımı ondan.

— Ben kurtarmışım elli üç can Sezainur vapuruna, Suphi senin neyin olur, ya bi de bana!

— Onu tanımıştım, onu getirmiştim Bahricedit'le Sinop'a onunla yemiştik içağına karalahana, rakı içmiştik. O, gözbebeği idi büyük emeğin o, onu biri, tek başına biri, sen öldürdün!

— Hastir! İbretsiz deli!

Kutaviyi* kaptı indirdi kafama:

— Çık git, çık git bu evden, hain, bir daha görünme gözüme!

Ölene dek baktı karıma kızıma. Bir sene, seferdeyim gene, Köstence'ye rıhtıma, beton ılık çünkü vurgunum Polanegri'ye, ne yapayım seviyorum, dedim "Pola!":

Derenin kıyısına bir kalaylı şişesin
İnsandan yemeq olmaz sen yeyilir bişesin?

Tüllü geceliği var sırtına içi sapsarı teltel sarı gözleriyle biraz Türkçe bilir zaten! "Sise ben?" diye sorunca...

Kaptan ağabeyim gemisini Heybeliada'ya yanaştırıyormuş. Fenalaşmış, atmış can havliyle kendini güverteye soluk almak için, paçalarından sarkan saçaklar dolanmış ayağına tökezlenmiş, dermiş ki yirmi yıllık kamarotu Mevlût'a "Oğul sen uğramasan da olur buralara, ben süpürüyorum yerleri beylik takımımla sen git öğren, Suphi'yi kim öldürdü?" Gemiyi salimen Heybeli'ye yanaştırmış Sefer, adada doktor aramışlar, yokmuş, bir yolcu "Ben tıbbiye öğrencisiyim anlarım" demiş, nabzını tutmuş kaptan ağabeyimin ve "Ölmüş!" demiş.

---

* Yemek karıştırmaya yarayan uzun saplı ağaç kaşık.

Mustafa Suphi

IV

İsa'dan önce sekizinci yüzyıla mı anlatır Ksenophon Analus bir Yunan askerini. Yürüyüp gelirler Babil'den. Ter sızar ayak parmak uçlarından çamur rengi, ecel teri, ölecek canın teri. Babil'den beri yürümüş Yunan askeri, herhalde kılıcı var yürüdükçe boyunu aşmış ya da artık atmış mıdır kılıcı bir taşın sırtına, kılıç kırılıp ortadan gömülmüş müdür toprağa, her şeyi örtecek toprak çünkü. Bacaklarını zor çekiyordur Yunan askeri, tabanları yarılmış kanıyor mudur? Karadan taa içerilerden gelmişlerdir; dar incecik şeritlerinden kayarak yamaçların, bozkırın küfünden, delicoş esinden koyakların kurtarmışlardır, çöl taşarının yanırından. Bir dönemecinde dünyanın, koyu mavi bir ışık dolmuştur gözlerine, şıkırdayan bir pırıl. Yunan askeri Babil'den beri, yüksekçe bir granitin çıkıntısına tırmanıp kendini, bağırmıştır ölesiye: "Deniz! Deniz!" diye Karadeniz'e. O yıl da yaz erkenden gelmiş midir Karadeniz'e? İsa'dan önce?

1920 yılında işgal devletleri donanması Tophane ile Ortaköy önlerine kadar üç sıra halinde dizilmiş yatıyorlardı. Boğaziçi'ne sis inmiş üstelik, denizi göremiyorsun. Seyrüsefer zor. Galata rıhtımına yanaşmak isteyen bir gemi, Ortaköy önünden başlayıp giderek yalı yalı zar zor yanaşabiliyor Galata'ya. Hayat çok zor o sıra. O sıra gene kimi zengin yurttaşlar var, gemi sahipleri, çalıştırıyorlar gemilerini ve mürettebatlarını birlikte, yurdun padişahlıktan artma sahipleri. Halkın devleti kurulmamış, halk başa geçmemiş daha. Üç yıl sonra 1923 Cumhuriyet'le birlikte kurulacak halkı kurtaran halkın devleti.

Edremitli Sezai Bey'le Kara Vasıf Paşa'nın ortaklık ettikleri Havran'la, bir akşamüstü Çanakkale'ye hareket ediyorum. Yolcu ve eşyayı almışız rıhtımdan. Salıpazarı önündeki dubadan da kömürümüzü. Bir akşam ezanı yanık, dolduruyor işgal devletleri donanmasının güvertesini ve sisin üzerini. Edremitli Sezai Bey'le Kara Vasıf Paşa'nın ortaklık ettikleri Havran gemimiz, yedi buçuk mil süratindedir. Dümen makineyle değil elle çevriliyor. Demirli yatan donanmaların arasından çalışıyoruz geçmeye. Kaptanımız, yıllar sonra Refah faciasında Kıbrıs açıklarında torpillenerek batırılan ve bahriye denizaltı mütehassıslarıyla birlikte boğularak can verecek olan İzzet Kaptan'dır. Ezan bitti, namaza durdu İzzet Kaptan. Ben makine dairesindeyim. Tam Fransız zırhlısının yanından geçiyoruz heyamola, zırhlının başında su altında bulunan mahmuz bordamızı delip geçerek makinemizin şaftına giriyor, Edremitli Sezai Bey'le Kara Vasıf Paşa'nın ortaklık ettikleri Havran'ın şaftına. Ama biz bağırıyoruz. Açılan yaradan su girmeye başlıyor. Akıntı geminin başını sürükledikçe aborda oluyoruz zırhlının bordasına. İzzet Kaptan "Allah günah yazmasın," deyip kesiyor namazı, kesmesiyle mahmuzdan kurtulup, akıntıyla sürüklenmeye ve batmaya başlıyoruz. On beş-yirmi dakika sürecek batmamız göz açıp kapayıncaya. Çoluk çocuk, kadın erkek Çanakkale yolcuları, çuvalları ve sepetlerini unutup, yamalı yorganlarını yitirip haykırışıyorlar sise. Ölmek istemiyor kimse. Ölmek istemeyince, benim büyük gayretim ve lostromo Tahsin'in büyük yardımıyla, elli üç yolcuyu kurtarıyorum, çıkarıyorum Fransız zırhlısına. Elli dördüncü. Sıra onun. Kırk-kırk beşlerinde, sıska, gözlüklü, kravatlı bir adam, kesik bakışlı bir adam, ağzına cıgarası göz göze geldikti güvertede. Sıra onun. Bekliyor sevinçle, kollarını açıp kapayıp çağırıyor beni, Suphi mi yoksa? Gemi gömülmek üzere, ben de kaynayabilirim elli dördüncüyle birlikte, zaten kalmışım soluk soluğa, seyrediyorum onu, cıgarası ağzına kravatlı bir adam, beyaz gömleği, çağırıyor bağırıyor beni, sağa sola bakıyor koşuşuyor, yumruklarını sallıyor bana, sonra sise ve işgal devletleri donanmasına, daha sonra anlayamadığım birilerine, gemide kalan öteki on beş yolcuyla birlikte boğuluyor sonra. Seyrediyorum suyun onu yutmasını, batmayı boğulmayı, boğulmayı batmayı... Bu benim yaşadıklarım cabasıdır hoş yaşamanın. Bana mı öyle gelir bilmem, ne vakit düşünsem o günü kravatını sise asmış o adamı... Ağabeyim Ahmet Kaptan'ı, "Suphi'yi kim öldürdü? Suphi'yi kim öldürdü?" diye Karadeniz'e kıravatını...

Zırhlıdan bir motor indiriyorlar Fransızlar, Sarayburnu'na doğru akıntıyla sürüklenmekte olan tahta enkazlar ve eşyalar arasında, ambar kapağına sarılmış akşam namazından arta kalan bir İzzet Kaptan'ı buluyorlar. Refah faciasında boğulana kadar yaşayacak.

Elli dördüncü yaşamıyor. Elli üç kişinin kurtulmasıyla değil de bir kişinin, Suphi'nin ölmesiyle suçlu mu olduk diyorum, hain mi?

Nermin ihanet sayıyor birtakım şeyleri, insanlar şişip gerilip ölüyorlar. Ben... Evet, evi barkı terk edip girmem Polanegri'nin koynuna. Bununla başlıyor hayat felsefem. Değişiyor. Fatih yangınından sonra, elbette bizim de var hayat felsefemiz durmadan değişen. Fatih yangınından sonra kıymetli eşyamı hep yanımda taşırken bu kez de param, hatıratalarım, üstüm başım sulara gömülünce, neye sarılmalı yeniden, hangi ambar kapağına tutunmalı Kara Vasıf Paşa'yla birlikte... Milli görevler, yararlı olmak yurduna. İhsan-ı Hüda römorkuna girip, silah ve cephane taşı MM grubuna. İkizdere sırtlarına çeşmem kurumamış daha, atım sekül Kızbeni vuruluncaya...

Eeeh! demişim Negriyepola doğrusu âşıktım o karıya; çoluk çocuk olmasa, kalsaydım keşke oraya, yaslı bir karı koynuma, sarıoğlu ölmüş diye... Ben ne olacağım peki? Bunca eziyetten sonra? Nasıl anacaklar beni? Kimler? Yaşadıklarımdan kimlerin kaldı haberi? Nermin düzeltecekmiş elbirliğiyle, hiç olmazsa bir model olarak kalacakmış dünyaya, saygıdeğer bir anı. Heh heh heeh!.. Kim tutar seni aklına? Kim Nermin Hanım'ı tanır?.. Lenin'i bile vatan hainliğiyle suçlamış bu insanlar, sizin Allahınız olan Lenin'i bee!.. Dünyaya suçlu gerek! Dilim dönse soracağım ona şimdi, "Nermin Hanım", Allah aslımızı unutalım ister, dilim dönse, Nermin, kızım gel ağlama, ağlama Allah yarattı böyle insanları çekik, kırmızı, macenta rengi, pembe, uzun, katı, denizanası gibi bi kere çarpınca gemiye deler gövdesini... Dediler ki Lenin'e 1917'de biz Arhangelsk'teyken "Sen ne yapıyorsun anlaşıp düşmanla, trenlerine binip onların, yaptırıp kendine karşılama törenleri, alâyı-valâyla nereye geliyorsun, ulan bir mujik senin gibi yetişmiş mi bu Rusiye bozkırına, sen bir casussun," dediler... Hem mademki bu Lenin çok doğru bir büyük adamdı da "Suphi'yi öldürdün," diye niye topa tutmadı Ankara'yı o Lenin?.. Suphi ki; o gözbebeğiydi hani büyük emeğin, öldürüldü Lenin'i sevdirmek için... Yoksa Ahmet Cevat'ın dediği gibi bilmiyor muydu doğru dürüst komonistliği?

Bilmiyordu da ondan mı diyordu:
"Ey dünya, ey dünyanın banisi olan işçiler, ey İslam âleminin, çağlardan beri ezilmiş esir halkları, ey Mısır'da, İran'da,

Hindistan, Türkistan'da ecnebi boyunduruğunda mahkûm olan mazlum kardeşler, ruhunuzu satın almakta olan o zulümkâr karanlıklardan kurtulun; evrensel kardeşlik ve birlik yoluna katılın; ey bütün dünyanın Müslüman işçileri, yabancı yumruklar altında ezilen Müslüman yoldaşlar! İNSANLIĞI MUHTAÇLARA SADAKA VERMEKTEN İBARET BİLENLER'e karşı birleşin..."

O Ahmet Cevat ki gene, ilk Türk komünist kurbanları olan, Mustafa Suphi, Hilmi oğlu Hakkı, Ethem Nejat, Kâzım Ali, Şefik, Topçu Hakkı, Ahmet, Yakup, Çitoğlu Nazmi, Sürmeneli, Kınalıoğlu, Tayyareci Hilmi, Çerkez İsmail, Arap İsmail, Suphi'nin karısı ve arkadaşlarının vahşiyane itlaf edildikleri 28-29 Kânunusani'yi matem günü olarak kabul eden arkadaşlara müteşekkir olarak, "Trabzon önünde birahmane süngülenerek denize atılan 15 komünist faciası Türkiye burjuva ve bürokratlarının sınıfı vahşetine en açık bir örnektir" demekte...

Ne yapacaktı Suphi'nin katillerini ağabeyim, kendisi MM grubunda? Demiş Suphi bizzat bir vakitler demiş ki... O mu demiş, başkası mı, ben mi uyduruyorum; ölüm binmiş dalıma, 913'te Sinop'a getirmiş ağabeyim onu. Bahr-i Cedit vapuruyla, Sinop kalesine sürgüne, oradan kaçmış Suphi küçük bir tekneyle Karadeniz'den Yalta'ya yeni bir sürgüne; gemim gömülmek üzere Karadeniz'e, elli üç yolcuyu çıkarıyorum Fransız zırhlısına, sıra elli dördüncüde... Ben de kaynayabilirim elli dördüncüyle birlikte... Sen onu Muhafazayı Mukaddesatçılara sor... Esnafa bakkala çakkala, bezirgâna hocaya mollaya, beye ağaya zabite, paşaya jandarmaya çorbacıya sor...

Hain diyorsunuz bana! Suçlu! Sınıfına ihanet etmiş sayılırsın baba! Kimdi ağzına yüzüne bulaştırmadan beceren yaşamayı, kimdir, siz mi ha? Kimse nişan vermez sana, keyfine bak, düzeltemeyeceksin dünyayı. Benim çektiklerimi çekmeyesin istedim, salmasın kamçı tokası gibi önüne şu insanların.

Ben onlardan hıncımı böyle alacaktım, aldırmadın, ben istedim giyesin kürklerini, pırlantalarını takasın, çıkarıp işbaşı tulumumu sırtından... Bak babana, kim nişan vermiş bana, ben ki... Sen bile hainsin dedin bana... Ben ki indikeyter denilen bir makineyi kullanmasını bilirdim ve bilirdim makinenin çalışırken içinden geçenleri gösteren haritayı; tek çarkçıbaşısıydım seslerinden doğruyla yanlışların... Kime ne bundan şimdi? Üseradayken ben, hep kaptan ağabeyim baktıydı karıma, karıma darıma, darıma yapıma, çalıma çakıma şöyle bir gitsem diyorum Rodos okyanusuna şimdi ölmeden, atlasam Yozgatlı Hazım Peynircioğlu'nun vapuruna senatör Ekmekçioğlu'yla ortaklaşa çalıştırdıkları Hacıoğlu vapuruna, çok uzaklara değil gözlerim ağardı görmemekten denizi, görmekten sadece gülibrişimle göğü, dünyanın yedi harikasından biri limanı enine kaplayan bir ayak vardır oraya, bana öyle gelir ki dünyanın harikalarından biri de benim, yani biziz. Benim ama bunu kim bilecek? Bir derdimiz de budur, benim; benim gibi yaşamış olanların. Biz ne olacağız? Bizim yaşadıklarımız ne olacak? Hiç yaşamamış mı sayacaklar bizi? Onca geçirilip göçülenden bir şeyler kalmalı; her ne kadar, "el hayru fi ma vakaa" derlerse de iş sona erince dönüp sorarız boşuna mı geçirdik bunca yıl sırtımızdan vapurları?

Nermin'e dedim ki son gün, "Söyle bakalım, Allah var mı?" Anlayacağım hoş kendim birazdan var mı yok mu, ama gene bi denedim onu, ölmeden az önce yola çıkmadan... Çıkardınız mı beni yola?..

Yok. Tıkları durmadı buranın, kokusu bu benim odanın, deliği tavan... Kim o? Kedi mi? Karnıma sıçrayıp duran nabız mı yoksa dolabın sesi mi karnım?..

Hayat felsefemizden açtım Nermin'e... Suphi'yi öldüreni biliyorum dedim; Rus-İngiliz anlaşması, biraz da Yonan-Amerikan birleşmiş milletler, yani insanlık; çünkü Allah ister unutalım aslımızı hep, sadece insan olduğumuzu bilelim ister, yoksa cezalandırır bizi vurur canevimizden dedim. Suphi'yi, Suphi'yi ki gözlüklü, kravatlı, kesik bakışlı tuhaf bir herif, bana ne ondan? Ben sana söyleyim mi, sen ne kadar gayret etsen hep Allah'ın dediği olur, yani senin Marks'ın, Enjels'ın dediği olur dedim. Yani vakitsiz öten horozun başını keserler dedim, yani Suphi'nin!.. Küçümserler beni, değer vermezler, vermediler. Sırası gelmeden hiçbir şey olmaz; işte bu. Öyle olsun dedim; son seçimlere senin dediğin olsun, oyumu kullanacağım. Kalktım dedemin bastonuna dayanıp yürüyerek, sapı kakma, ne eller görmüş, nerelere gitmiş bastona, düştüm yollara. Ey! Bu bastonu ve beni kapattılar bir odaya! Aradım aradım; atlar, öküzler, inekler... Nerede ameleler? Kızım, "Kendine oy ver baba! Sen bir işçisin," dedi, işçi kibar adı, bu ameleler nerede... Kendime oy vereceğim, kendim nerede? Başladılar kapıyı güm güm vurmaya:

— Rica ederim beyefendi sizi bekliyoruz bu kadar saat ne yapıyorsunuz? dedi gençten bir ses.

— Durun bakalım bekleyin biraz geliyorum.

— Çıkın çıkın ne yapıyorsunuz orada?

— Ne yapacağım kendimi arıyorum resmimi arıyorum.

— Ne resmi?

— Ne olacak amele resmi, bana benzer kimse yok bu resimlerde.

Öyle ya, olsa bi balık resmi anlarım olsa bi vapur, bi zorafina, şimdi ne anlayım?.. Ben nasıl bir adamım? Kendimi gözümün önüne getirdim, kıyafet devriminden kalma kendimi: Şapkam başıma fötür, beyaz gömlek Amerika'dan alınma yıkanır ütülenmez cinsi, kravat "Maro Cravata Kreasyon", ayakkabılarım yerli, ayaklarım şişmiş çünkü sudan, sığmıyor içlerine, basıyorum fonlarına, hutumim* çıkmış iyice, tömeçlerim** fırlamış hepten, karnım kemançenin karnı gibi gerilmiş, Nabi'nin "Yakışır sine-i Corci'ye keman" dediği ve İstanbul sarayına soktuğu ilk sine keman dedikleri violon damurun da anası olan kemençeye dönmüşüm, ki bilirim çalmasını da, bu Avrupa kemanelerinin tıpkısı olan kemençeyi, vardır üçlü dörtlü ses aralığı ve gelmiştir Batı Avrupa'dan Cenevizlilerle Karadeniz'e... Kemençe Asya adı bunun, bulduk onu Karadeniz'e şişkin karnı üstüne yüzerken öyle, Rumlar lura, İtalyanlar lyre der, horon da "koron"dur aslında, alınıma Kırım'dan dans; Kafkas, Mingrel, Megrel, Rum. Dansın ve kemençenin aslı gibidir aslımız ve Allah unutalım ister... Çıktı bir granitin tepesine, bir ışık doldu gözlerine, Babil'den beri ilk kez gördü suyun yüzünü: "Deniz! Deniz!" diye çağırdı Karadeniz'i... Bir elimde Yasin-i Şerif, bir elimde meç, kemençe bir elimde, oy ben hangi milletten hangi sınıftanım be!..

Bastım bir damga bir kara kanadın üzerine, olsa olsa budur amele.

— Amele olarak doğmamıştım ama amele olarak öldüreceksiniz beni, dedim içerdeki genç sese,

— Ne diyorsunuz ne? Çıksın artık... diye bağrıştılar...

Ben ki, çıktım artık ve milattan önce sekiz milattan sonra dördüncü asırlara, Olivya uygarlığıyım Herodot'un eserine *Historiarum* eseridir Herodot'un benim o çıkıp atladığım suları, Romrom Ana'nın önüne ringaya, fenerbalığına, hünsa hanilere, yüzmeyi beceremeyen ördekbalıklarına, kâğıt balıkları benzer Nermin'e ve sırtı mavi yeşili, yanları gümüş,

---

*   Âdemelması.
** Kaburga kemikleri.

karnı karaya çalan morla tutuşan, gündüz su dibini bürünen üç yaşında ölüme korkusuzca giren kırlangıç gözlü hamsinin fikrederim haline, bir kimse değişmez dünya maline hotbehot verilur tellal eline kıymetini sorsam İpsir öküzü olan balığı gördü Yonan hamsi.

Rus Aleksandrov'un
Rus Puzanov'un
Rumen Treseb'in
Finli Tikhy'nin
Türk Battalgil'in
Rum Kosta'nın
Ermeni Hermin'in
Laz Sözer'in
Gürcü Kunkut'un
Bulgar Şoşkov'un
Alman Drenski'nin
Çek Vladykow'un

"Feliks, Aram, Yervant'ın ve Deveciyan'ın Pêche et Pêcheries en Turquie"de incelediği hamsinin resmini aradım, kâğıdın üzerine Romrom Anam milodyalı yapardı... Şimdiki aklım olsa oho! Havre'lı Janin'i ki tam istediğim bir aşifteydi Köstenceli Allahsız Tamara, cıvıl cıvıl Kalyopi Patras'tan, Vivi, Barbara, Hele Paros'lu Sofi. Anna, Madlen, Petkana, Monik döla Hüsyra, Jizella İris Sonya; insan, yani insanlar unutalım ister Allah aslımızı dedim ya... Dedim ya bir yanlışlık var bugünde.

"SUPHİ SUPHİ..." diye bağırdım Karadeniz'e...

Mustafa Suphiyle ilgili belge, bilgi ya da yorumlar:

1.

Ben Trabzonlu Salih Zeki Çağatay'ım. Dedemin adı Yunus Baba idi. Üç oğlu vardı. Birisi benim babam, Nuri Baba idi. Diğer ikisi amcalarım Mehmet ve ABDÜLKADİR idiler. Mehmet amcam jandarma yüzbaşılığından emekli olup imtihan vererek davavekilliği hakkını kazanmış idi. Davavekilliği sırasında Trabzon'da Halit Özyörük'le ortak çalışmıştır. Trabzon iskele kâhyası, Yahya Kâhya'nın da işlerine bakardı. Öteki amcam Abdülkadir askeri baytardı. Yüzbaşı iken Şark cephesinde Ruslara esir düştü. Rusya'da ihtilal olunca Bolşevikliğe taraftar oldu ve MUSTAFA SUPHİ ile beraber Rusya'da, TÜRK BOL-ŞEVİKLER PARTİSİ'ni kurdular. Bilahare Mustafa Suphi ile beraber Türkiye'ye gelmekte olduklarını bildirdi. Mehmet amcam telgrafı Kâhya'ya gösterdi. Kâhya, Mustafa Suphi ile arkadaşlarını ortadan kaldırmak için Ankara'dan mektup aldığını söyleyerek Abdülkadir amcamı kaçırıp kurtarmasını Mehmet amcama söylemiş. O da Maçka'ya gitti. Maçka kaymakamlığını yapan Eyüp oğlu Murat efendi ile görüştü. Mustafa Suphi heyeti Maçka'ya gelince Murat efendi, Abdülkadir amcamı heyetten ayırdı. Kendi evine gizledi. Mustafa Suphi ve arkadaşları Trabzon'a geldiler ve Kâhya tarafından bilinen şekilde denizde yok edildiler. Maçka'da gizlenen amcam sonra Trabzon'a geldi ve Trabzon mebusu Hasan Saka'nın aracılığı ile Erzurum Baytar Müdürlüğü'ne tayin edildi, gitti. Daha sonra Sivas Baytar Müdürlüğü'ne tayin olundu. Orada bir genç kız ile münasebetinden ötürü vazifesinden çıkarıldı. Serbest baytarlık yapmak üzere Trakya'ya gitti ve Süloğlu'na yerleşti. Orada ne yaptığını bilemem. Fakat uzun seneler orada kaldı. Bir ara çok zengindi, sonra çok fakirleşti. En son 9.5.1957 tarihli mektubunda Süloğlu'nda olduğunu ve çok sefilane bir hayat yaşadığını bildirdi. 1961'de o da havalide bir trafik kazasında öldüğünü duyduk. Amcam Abdülkadir Bey ile yaptığımız görüşmelerde bana söylendiğine göre Rusya'dan 17 kişi olarak ve bir de Mustafa Suphi'nin karısı olarak, 18 kişi olarak yola çıkmışlar. İki kişi Bayburt'ta ayrılmış, kendisi de Maçka'da ayrıldığına ve Mustafa Suphi'nin eşi Trabzon'da alıkonulduğuna göre 14 kişi Kâhya tarafından denizde imha edildi.

24.10.1967

Eski Trabzon ve Yalova Noteri
Salih Çağatay

(Mahmut Goloğlu, *Cumhuriyete Doğru*, 1921-1922, Ankara, 1971, Başnur Matbaası, s. 396)

2.

"(...) Ben bugün de Lenin ve Stalin'in hem Sultan Galiyef'i hem Mustafa Suphi'yi istemediklerine eminim. Çünkü Sultan Galiyef'in Marx yorumu, Büyük Rusya'yı parçalayabilirdi. Parçalanmaktan kurtulmanın çaresi, Rusya'nın temellerine konacak dinamitleri yapan Sultan Galiyef'le, onun sekreteri Mustafa Suphi'nin ortadan kalkmasıdır. (...) Dönüp bakmadığımız bir nokta daha var: 1921'de Ruslarla bir dostluk anlaşması imzaladık. Tam tarihi: 16.3.1921'dir. (...) Dostluk anlaşmasının bir maddesine göre, 'Her iki taraf da karşı devrimcilere hayat hakkı tanımayacaktı.' (...) Mustafa Suphi'nin Türkiye'ye gelmesi, Kâhya eliyle öldürülmesi 1920'lerde, Sultan Galiyef'in ölümü 1924'lerde..."

(İsmet Bozdağ, "Kemal Tahir'in Söyleşileri", 15 Haziran 1980, *Milliyet*)

3.

"(...) Mustafa Suphi teşkilatını Bakû'ya taşımadan, burada çoğunluğunu İttihatçıların teşkil ettiği bir kısım Türkler tarafından Türk Komünist Fırkası adıyla bir teşkilat kurulmuş ve Bolşeviklerle ilişkiye girilmişti. Mustafa Suphi 27 Mayıs 1920'de Bakû'ya gelir gelmez ilk iş olarak bu fırkayı dağıtarak İttihatçıları tasfiye etmiştir. (...) 'Bu şahsiyetlerin, biz komünistlerle bir bağları olmadığı gibi, biz biliyoruz ki, onlar Mustafa Kemal'in milliyetçi hareketiyle de ilişkiye sahip değillerdir...' (...) Bilhassa Enver Paşa'nın çevresinde olan İttihatçıların, Mustafa Suphi'nin Enver Paşa'ya yaptırdığı bu gösteriler karşısında Suphi'ye karşı olan düşmanlıklarının had safhaya ulaşmış olması gerekir..."

"(...) Bu sırada Trabzon'da bulunan, Küçük Talat (Muşkara) ve diğer bazı İttihatçılar da TBMM Hükümeti'nin aldığı kararla memlekete sokulmayarak sınır dışına çıkarılmışlardır... Böylece Küçük Talat Mustafa Suphi'lerin ölümü ile ilgili olarak Ankara Hükümeti'ni sorumlu göstererek Rusya'da güven kazanmak ve Ruslar tarafından Mustafa Kemal'e karşı Enver Paşa'nın desteklenmesini sağlamak istemiş olabilir. Ayrıca bu iş ile ilgili olarak, kendi üzerlerinde toplanabilecek suçlamaları, Rusya'ya sınır dışı edilişi öncesi ortadan kaldırmayı da hedeflemiş olabilir."

"Sonuç olarak şu söylenebilir ki, kesin olmamakla birlikte İttihatçıların Mustafa Suphi ve arkadaşlarını öldürtmüş olma ihtimali, diğer ihtimallere göre daha fazladır..."

(Yrd. Doç. Dr. Yavuz Aslan, *Türkiye Komünist Fırkası'nın Kuruluşu ve Mustafa Suphi*, Türk Tarih Kurumu Basımevi, Ankara, 1977)

4.

"(...) Türk komünistlerinin öldürülmesini, çoğu Enver Paşa'nın Teşkilat-ı Mahsusa'sında çalışmış olan sağ kanat İttihatçılar gerçekleştirmişti. Daha sonra Mustafa Kemal, Enver'in tekrar Trabzon yoluyla Türkiye'ye dönme isteğini reddetti ve bu adamlar da ortadan silindi..."

(Andrew Mango, "Atatürk", yazı dizisi, *Yeni Binyıl gazetesi*, 14 Mart 2000 [Sabah Kitapları])

ölüm

V

Hava açık, erkenden gelecek belli bu yıl yaz, güz aydınlığının duruluğu bu denizdeki. Deniz mi orası? Erkenden gelecek bu yıl yaz; hamsin, kokolya, kozkavuran bensiz gelecek.

Hava açık, güz aydınlığının duruluğu bu denizdeki. Karadeniz mi orası, vuracak beni yalıya?.. Nereye gidiyorum? Üzerimde mavi picamalarım, altını da giydirmişler, götürüyorlar beni nereye?.. O nedir? Leyleqler mi? Meliyorlar mı çayıra leyleq? "Bir şey mi istedin baba?" Dilim dönse!.. Yol burası yol, sonunda dediklerini yapıyorlar; Galata Kulesi mi yoksa? Zorafına! Romrom Anam! Gelmedi bizimle oraya kaldı, babamın yanına bahçemin bucağına gömülü, çay diker üstlerine birkaç yıla varmaz Nermin'in ameleleri, Eyfel olmaz bu boy değildi Eyfel, dört bacaklı Negriyepola'dır Eyfel, Bosforus mu yoksa, kim döşedi bu upuzun mavi mermerleri Bosforus'a, Fatih Sultan mı geçeceq bir yerlere, İskender mi konaklayacaq, Gazi mi iskeleden yanaşıp yeniden Samsun'a çıkacaq, yeniden beni kurtaracaq, Suphi mi, yeniden Nermin'i, İtalya'dan mı getirdik mermerleri? Kim geleceq, kim geçeceq, kim geçeceqse geçeceq kurtulmaya, hoş taşıtırlar yollarını gene bize taşıtırlar yollarını... Bu kim yanıma? "Yol bozuk hızlı gidemem." "Öteki yoldan inseydin ya." "Orası sıkışıktır geç kalırız..." Dua edin Menderes'e açmış bu yolu yetiştiriyorsunuz beni ölüme, karşısı Üsküdar öyleyse, Kız Ku-

lesi, Kız Kulesi,,, gök katılmış, pus düşmüş denize işgal dev-
letleri donanması mı bu Ortaköy önlerine...

Öldürmediler evime beni... Bu minesi kırık maviden mer-
merleri döşediler, ortasına karamişi diktiler, kara kara mar-
tılar serptiler ötesine berisine... Gemi durdu... Gemi durdu,
geldik mi,,, stim dreynlerini aç, egzoz valfını sonuna kadar
aç, çıksın, stim ceket dreynlerini aç, rezistanları çevir, plunger
mandalı yerinde mi bi bak, glent suyunu aç, koş koş bütün
dreynleri kapa, akmasın gitmesin, çıkmasın, bu beyaz göm-
lekli kamarotlar mı,,, çıksınlar makine dairemden, hangi ge-
mideyim ben Romrom Ana,,, o kara mermer kapak kosko-
ca,,, mavi mermerlerin ortasına ağzı açık duran kara kapak,,,
Zorafinanın dibine...

Romrom Ana!..

Koverin, koverin beni, oraya takmayın iğneleri, koverin
tutmayın oralara, daha kapanmadı yaraları kurtuluş savaşı-
nın, kurtuluş savaşının, kurtuluş savaşının...

Sizlere hakkım helal olmasın... Bu millete taşıdığım cepha-
neler,,, aldığım sıyrıqlar,,, bayram günleri, tatil günleri, ma-
tem günleri,,, vurulup ölen sekül atım atım Kızbeni, sarı göz-
lü... İlk ağabeylerim boğulup ölen sarı yeleli,,, Karadeniz'i ka-
natan Mustafa Suphi helal olmasın...
Derin sıyrıkları tabanlarımın sizlere helal olmasın... Kızı-
mın böyle kaçık olması... Patron gemilerine verdiğim ömür
suyu,,, onların İsviçre bankalarına yatan paraları,,, elli yıl ipek
gibi baktığım makineler,,, o makinelerden çıkardığım hari-
talar helal olmasın,,, ağabeyimle aramı açanlar, hastalığımı
bilemeyen doktorlar,,, 28-29 Kânunusani'ler helal olmasın...

Ölürken evime koymayıp hastaneye taşıyanlar beni,,, ölümü oranın buzhanesinde bekletenler,,, orada yıkatanlar beni,,, oradan kaldırtanlar,,, evime uğratmadan Şişli Camii'ne götürenler,,, Zincirlikuyu'ya gömenler...

Bu dünyada... Kimseye kim-seye kim-se-ye hakkım helal ol-ma-sın.

ANA

mevlût

Camiden çıkmışız. Annem, "Haydi koş, akrabalarımızı çağır da bir çay içsinler senin evinde, ayıptır," demiş. Ben caminin merdivenlerinden atlaya atlaya koşmuş, gidenlerin önünü kestirmişim. Sağa sola dağılmakta olan yetişemediklerime de bağırıyormuşum: "Heyy! Durun durun, dönün, buraya gelin; önce bize gidilecek ve çay içilecek; annem öyle istedi..." Kalabalık, durup birbirlerine danıştıktan sonra, ardıma takılmış. Ben, önde hızlı hızlı yürüyerek, arayı açıyormuşum. Ev görünüyormuş, buradan 100-150 metre ötedeymiş, sokağın ucunda.

En önde, tek başıma, hem yürüyor, hem de kucağıma doldurduğum mevlût şekerlerini atıyormuşum yola. Ben yürüdükçe yol uzuyormuş, bitmiyormuş. Ardıma bir göz atıyormuşum ki, uzun, upuzun olmuşlar, dörder beşer kişilik sıralar halinde, sessiz ve dik, yürüyorlarmış. Korkuyormuşum. En ön sıra, attığım şeker külahlarını eğilip alıyor, doğrulup yeniden beni izliyormuş. Şeker attığım için bana bir şey yapmazlar diye düşünüyormuşum.

Yerler ıslakmış. Su giderek yükselmeye başlamış, su boyu geçmiş, ben yüzmeye başlamışım, böylece boğulurlar ve ben kurtulurum diye düşünmüşüm, ama ardıma bakınca hepsinin de yüzerek beni izlediğini görmüşüm, şekerler erimiş, yitmiş, iyice korkmaya başlamışım ve iyi bildiğim kurbağa biçimi yüzmeye başlamışım, ama birden çekilmiş sular, yüzükoyun yere gelmişim, kalkıp koşmaya başlamışım, onlar da yetişmişler, sessiz ve dik. Korktuğumu belli etmemek için, eve yaklaşınca durup onları bekler gibi ayak süründürüyormuşum.

Bunlar ayakkabılarını çıkarırlarsa, soyunurlarsa, bizim evin girişindeki ufacık sahanlığa sığmayacak; annem de ortada yok. Ne yapacağım, bu insanlarla ne konuşacağım? Bu akrabalardan utanırdı annem, bizi de utandırmıştı. Sokmazdı evimizden içeriye. "Evde yok, akşama gelecek de," derdi. Kara kara giysili umacı gibi kadınlardı. Çakır gözleri fıldır fıldır dönerdi kara peçelerin arasında, göz kıyılarından aşağıya terler akardı, kucaklarında ince sarı saçlı, çakır çocuklar taşırlardı. "Kasımpaşa'dan Zülküflü Dayı'nın anası dersin," derlerdi. "Hıdır Reis'in gelini dersin," derlerdi. "Ha bu küleğu ver anana, Bilal'im memleketten göndermiş," derlerdi. Biri "Bu hangisudur?" diye sorardı, "Bu Hasan'un paçısudur da!" derdi ötekisine. Dikine seken, kara böcekler gibi döner giderlerdi. Annem "Görgüsüzler!" diye söylenirdi artlarından, "Şunlara bak, hiç değiştiler mi?" Ne konuşacağım onlarla şimdi? Onca çay bardağını, kaşığını nereden bulacağım? Aralarında hâlâ var çarşaflılar, yeşil bereliler. "Kanlı Pazar"da bizi kovalayanlardan. Gazetelerin halk dediklerinden. Halk bizim eve giriyor şimdi ıpıslak olarak, bunca yıl sonra, gelsinler tanışalım. Hepsinin de canı çay istemiş olmalı. Üzüntülüler mi? Belli değil. Hiçbir şey anlaşılmıyor yüzlerinden. Tanrı'ya inanıyorlar, ölmüş bir insana karşı görevlerini yerine getiriyorlar. Yaşamalarının anlamı bu kadar sade, bu kadar kolay. Gerçekten böyle mi?..

Kapıda durup bakıyorum, kortejin bir ucu buraya vardı, öteki ucu caminin kapısında, tanımadığım bunca insanla ne yapacağım?.. Kuyruğun sonundaki Meral olacak, görümcem Meral. İki aylık bebeğini hizmetçisi Menekşe'nin kucağına vermiş, kuyruğa yetişmeye çalışıyor. Koca bulduktan sonra ne kadar değişti, inanmış bir kadın oldu. Tanrı'ya tabii. "Bugünlerde seni yalnız bırakamam" diye ta Sarıyer'den kapıp çocuğunu geliyor.

İlgimi çekmeyecek bir yığın olay anlatıyor, dinleyemez oluyorum sonuna doğru. "Ah canım! Gene daldın, ölenle ölünmez, aç yeri başka, acı yeri başka" diye başlıyor. "Öyle üzüldüğüm yok benim, şimdiye kadar akıl etmediğim bir yığın gerçeği düşünüyorum..." diye anlatmaya başlıyorum, anlamıyor, dinlemiyor bile... Asıl arkadaşlarım hiç uğramadılar bana, beni anlayanlar, anlaştıklarım. Asıl arkadaşlarım... Kimdi onlar? Neredeler şimdi? Karşılaştığımızda "Gereksiz formaliteler... Ne önemi var..." dediler. Ama, ölen adam bizler için hasta yatağından kalktı, oy vermeye gitti! Oy vermenin lafı mı olur, insanlarımız ölüyor. Ölmeyene sevgi yok mu? Bu sıra, sevgi sözü etmek bile çiğlik oluyor, işler çetin, solcu olmak zor, peygamberlik gibi bir şey. Her birimizin bir Muhammet, İsa ya da Musa olmamız gerekiyor, her birimizin; bir tek İsa yetmiyor, bir tek Musa yetmiyor, yetmiyor... Hem de elin ayağın tutarken, alıyorlar seni aralarına bu peygamberler, ayağın sürçerse, kapaklanırsan, çevirip bakmıyorlar bile. Onlara hiç muhtaç olmadan onlarla olmalısın, öyle mi? Hiçbir şeyin kararı yok bu sıra, hiçbir şey kesin değil. Tüm değerler altüst, ama olacak, özlediğimiz töre gelecek, bir gün getireceğiz, birbirimizi yiyerek de olsa, en önce kendi içimizdeki hainleri temizlemeliyiz, bile bile döneklik edenleri, yanıltıcıları, saptırıcıları, onları bağışlamamalıyız asıl. Peygamberliğimiz ötekiler, şu yeşil sarıklılar için...

Anahtarı kilide sokup döndürüyorum, kapımı açıyorum halkıma ilk kez, birden her şeyin kuruduğunu görüyorum, herkes kurumuş bakıyorum. İyi. Şimdiye değin hep başkaları girdi bu kapıdan, ceplerinde şiir ve konyak bulunurdu, akıllarında hep kendi ünleri vardı, onları anladığımı ve beni anladıklarını sanırdım; ünlerini pekiştirmek, kendilerini iyice doygun kılmak için ararlardı beni, ben de onları... Böyle mi?.. Böyle de değil...

Halk girmeye başlıyor içeri, önce ilk sıra, yüzüme bakmadan önümden geçip ayakkabılarını çıkararak. "Çıkarmayın bey amca, çıkarmayın ayakkabılarınızı, çamurlu değildi yollar zaten, koyacak yer de yok..." Duymuyorlar sanki beni, sanki "Sen kim oluyorsun da bize ayakkabılarımızı çıkarttırmayacaksın," diyorlar. Onlar içeri girerken bir ses adlarını bağırıyor: Muharrem'in İsmail Hemşin'den, Mamul'dan Seyfettin, Abdurrahman İslam, Hacı Salih, Vakfıkebir'den Temel, Oruç, Meryem, Akife, Zehra, Çayeli'nden babanın hısımları; Bilal Kaptan, Ali Reis, Hafize Hala, Bilginol boyaları, kız kardeşleri, İshakoğulları, Behzatoğulları, Sabitoğulları, Kibaroğulları, Zehra Yenge. Babanın dişçisi Bekir, karısı –onları tanıyorum zaten–, babanın tayfaları Recep, Salih, Rüfet, Ramazan, babanın hastalığını doğru bilen Doktor Naci, annesi –onları da tanıyorum–, Melek Hanım, Mürüvvet Hanım, Tahsin Kaptan –tanırım–. Şaban Sürmene'den, Maçka'dan Mustafa Yazıcıoğulları ve çocukları, Necmettin Molla, Sahuranım, Rahmi Kaptan... –Hastaneden çıkarken bir adam elime bir kalın zarf sıkıştırdı, bir paket, "Bu da sizin," dedi. Zarfı aralayınca dişlerini tanıdım; pespembe çenesini tanıdım: "Helal olmasın, helal olmasın!"– Safiye Yenge, Formen Rıza, babanın en sevdiği adam Yusuf –birlikte avlandıkları– oğulları. Selami, Asım, Ömer. Üçünün de kollarında atmacaları, büzülmüşler atmacalar, testi gibi yuvarlak olmuşlar, gözlerini kapamış uyuyorlar. Yusuf Amca sırtındaki büyük torbayı odanın ortasına yere koydu, oynayıp duran bir torba. –Babam dönüşte bir salkım bıldırcınla gelirdi, anneme, al bakalım bi ufak içirir bize bunlar, Rusya'dan kaçmışlar.– Babanın dayı oğulları: Ziya Kaptan, Asiye Yenge, damatları. Civelek Ahmet, Tonton Musa –Musa'yı tanırım, Ceviz Ali'ye bindirdi beni, Ceviz Ali o büyük beyaz leyleğin adı, havalanır uçururdu, indirirdi–. Hadiyanım, Sıfır Hasan Paşa'nın kızı, babamın amca kızı, oğlu Zeki, Hasan, gelinleri, Rakibe Abla, Hatçe Abla, Esma, Hızır, Dursun, Yomra'dan Osman Gavras, Vona'dan hani; "Aman Soytaro alınan öldü / Merkezin hanı kanına doldu. / Bu puşluk sana binbaşıdan oldu / Türk milleti seni tanımasından oldu" diye Soytarolu İsmail'in türküsünü yazan. Hüseyin, Yunus, Bangoğulları, Hilmiye'yle İhsan –partiden arkadaşlarım– Meral, Menekşe, bebek. Annem de gelmiş. Armatörlerden hiçbiri gelmedi mi diye soruyorum sese, "Hiçbiri yok," diyor. "Elli yıl, dile kolay, elli yıl çalıştı onlara," diye soruyorum. "Hiçbiri gelmedi," diyor gene. "Zaten onlar bu mevsimde Türkiye'de durmazlar, sömestr tatili şimdi, Avrupa'ya çocuklarını görmeye, kayağa, alışverişe giderler, bilirsin," diyor. "Biliyorum," diyorum, kapıyı örtüyorum.

Menekşe, bebeği yere bırakıyor, annem beliriyor: "Sığdılar mı?" diyor. "Bilmem, sığmış olacaklar," diyorum. Mutfaktaki kadına "Şirin, 100 tane çay yap," diye sesleniyorum. Annem "Ne çayı, balo mu veriyorsun babanın mevlûtunda?" diye bağırıyor. "Sen söyledin ya!" diyorum. Birden hüngür hüngür ağlamaya başlıyor. "Ağlama, babam da burada," diyorum, susuyor, "Hani, hani göster bakayım?" diyor. Yerde kımıldayan torbayı gösteriyorum. "Kimseye söyleme burada olduğunu, kaçarlar," diyor. Annem evi dolduranlara bir bakıp, "Ben sana akrabaları çağır demiştim!" diye bağırıyor bana, ardından "Akraba olmayanlar çıksın!" diye sesleniyor. Kimse kıpırdamayınca "Hadi, duymadınız mı, akraba olmayanlar dışarı!" diyor gene. Hüsniyanım, "Bu ne rezalet, hem çağırıyorlar, hem kovuyorlar insanı," diye çıkışıyor anneme. Annem, kadını yakasından tutup kapıya sürüklüyor, gene koşup içeriye dalıyor, "Çıkın çıkın çabuk olun!" diye kovalıyor komşuları. "Anne, ayıptır, bırak otursunlar," diyorum. "Hayır defolsunlar, gözüm görmesin onları," diyor. "Onlar, sen kızken, senin için ne dedikodular yapmışlardı," diyor. "Bırak şimdi bunları," diyorum. "Olmaz, neden bırakacakmışım, ben kötülüğü kimsenin yanına bırakmam, babanı bile affetmemişimdir kalben, kaldı ki Mürüvvet Hanım'ı. Babanın diktiği çiçekleri yolardı hep. Babacığın ne kadar da severdi leylakları, adamcağızım doyasıya koklayamadı, gece yarıları biz uyuduktan sonra çalardı leylakları hırsız karı!" Kadınlar söylene söylene, kalkıp gitmeye başlıyorlar, "Çıldırmış bu kadın!" diyorlar, annem "Hem bu hayat pahalılığında çayla şeker bedava mı, gitsinler evlerinde içsinler!" diyor. Ben "Bağışlayın hiç kendinde değil," diyorum, annem, "Kendimdeyim kendimdeyim, sen de şu kıytırıklara dalkavukluk etmesene," diye söyleniyor. Mürüvvet Hanım öfkeyle "Hadi oradan utanmazlar, biz hiç çay yüzü görmedik mi, kış günü buz gibi camide mevlût dinlettiriyorlar, duasını ettirip amin dedirtiyorlar, sonra da kovuyorlar adamı, inşallah o adam kabir azabından kıvrım kıvrım kıvransın!" diyor. Annem, kadının yüzü budur deyip, indiriyor çantasını, biz tutuyoruz annemi birkaç kişi, ayırıyoruz, kadını dışarı çıkartıyoruz. Annem Melek Hanım'a koşuyor bu kez "Hadi bakalım sen de yollan ikiyüzlü dönme," diyor. "Anne, ayıp artık, ne yapıyorsun?" diye tutuyorum ellerini, "Bırak beni, bırak içimi dökeyim şu ataşemiliter karısı olacak aç kibara, bir adam sanıyordum bunu ben, pis Lazlar demiş bizim için, mahallenin kokusunu değiştirmişiz, kapımızın önünden içyağı kokusundan geçilmiyormuş, işte Esmanım'ın yüzü söylesin…" Melek Hanım "Ne basitlik yarabbim," diyerek kalkıyor, "Hadi oradan Selanik Yahudisi, ikiyüzlü…" diye kovalıyor annem onu da, "Siz oturun Esmacığım sizi bırakmam, Naci de gitmeyecek, çay içeriz…" diyor, kendisi de oturuyor söylene söylene, "Haspaya da bak, mahallenin kokusunu değiştirmişiz, sen bizden sonra geldin bu mahalleye, yemek pişirmez ki kokusu olsun! Ah! Zavallı kocacığım son defa bir karalahana ezmesi yediremedim ona, o kadar da istediydi, doktoru bırakmadı ki, hiçbir şey yedirmedi hınzır herif, kocamı açlıktan öldürdüler açlıktan, dağ gibi adamı erittiler…" Gidenlerin ardından koşuyor, küt diye kapatıyor kapıyı, "Hah şöyle, baş başa kalalım, can cana, kan kana, akrabanın akrabaya ettiğini akrep akrebe etmez," diyor.

Akrabalar salonu, salona açılan odayı doldurmuşlar. Çocuklar bağdaş kurmuşlar, gençler ayakta sıkış sıkış, erkeklerin çoğunun ellerinde tespih, kadınların başları önlerinde, yere dikmişler gözlerini. Meral'in bebeği birden kundağından sıyrılıp çırılçıplak, piyanonun üzerine tırmanıyor ve sıçramaya başlıyor. Meryem piyanoyu göstererek "Ha bu nedur?" diyor. "Piyano," diyorum. "Ne edersun bunu?" "Çalınır." İhsan yaklaşıp tek parmağını tuşlara vurarak "Çıktık Açık Alınla"yı çıkarıyor. Kalabalıktan "Lailaheillallah" homurtuları yükseliyor, İhsan sürdürüyor: "Başta bütün dünyanın saydığı başkumandan." Gençler piyanonun yanına gelip sallanmaya başlıyorlar, bebek her yanını titreterek yeni danslardan yapmaya başlıyor, ötekiler de ona uyuyorlar, Meral ellerini çarpa çarpa bağırıyor: "Hadi kızım, afferin sana, kıvır, kıvır, kıvır…" İhsan piyanoyu bırakıp dans edenlerin arasına karışıyor, can çekişircesine kıvranmaya başlıyor o da; piyano, kaldığı yerden, aynı şeyi çalıyor kendi kendine: "Başta bütün dünyanın saydığı başkumandan… Başta bütün dünyanın saydığı başkumandan…" "Helal olmasın, helal olmasın!" Hep birden kıvranıyorlar.

Abdurrahman "Kizum bu çimdur?" diye soruyor duvara asılı bir tablo göstererek tespihli eliyle, "Kayinpederun mudur yoksam?" "Değil amca, bir yazarımızdır." "Neyumuzdur neyumuz?" Hilmi yetişip, "Amca, o büyük bir Türk yazarıdır" diye anlatmaya koyuluyor. "Hiç duymamuşum adunu," diyor Abdurrahman, annem beliriyor. "Bunu mu sordun Abdurrahman Dayı, ah bunu bir bilsen, ne zengin adamdı, kızımı istediydi de vermediydim, verseydim kızım han hamam sahibiydi, ah kafa ah, nato kafa nato mermer, o pipolu domuza verdim de mahvetti kızımı, hasta etti yavrumu..." Hafize Hala bana dikerek gözlerini "Ha bu paçi hasta midur?" "Elbette hasta hala, delidir deli!" diyor annem. "Kocası deli etti bunu, ne yapıyor kocası biliyor musun hala: Baş başa kaldılar mı geceleri, el ayak çekildikten sonra tam karşısına bir sandalye çekiyor, gözlerini dikiyor kızıma hiç konuşmadan saatlerce susuyor, kızım 'Ne olur konuşsana!' diye yalvarıyor, herif gene konuşmuyor, gözünü kırpmadan bakıyor; sonra birden, 'Deli deli, kulakları küpeli' diye bağırmaya başlıyor, bin kere söylüyor, bunu her gece, Allah seni inandırsın Hafize Hala, gözetledim bunları bir gece, kulaklarımla duydum, yalanım varsa abdestsiz gideyim!.." "Oy günsuz, desena bağa gidecek yeri yok onun" diye üzülüyor Hafize Hala. Bilal Kaptan: "Nerededur o damadın şimdi, burada midur?" "Yok, ne gezer, imansız mevlûta gelir mi hiç? Ah, kaptan ah! Derdim bir olayıdı ağlamak kolayıdı," diyor annem, sonra fısıltıyla, "Kendisini Allah sanıyor hep," diyor. "Vuu, vuu ne dersun, hâşâ sümme hâşâ!" diye soluyorlar. "Bu kadar değildi ya, babası yanında can verdi, ondan sonra büsbütün atlattı," diyor. "Uy ne dersun?" diyorlar. "Gece yarıları hortlak gibi dolaşıyor sokakları, evin içini arşınlıyor, ben sizleri kurtaracağım, ben sizin iyi Allahınızım, ben sizi o kötü Allah'tan, acılarınızdan kurtaracağım, diye konuşa konuşa büsbütün delirdi..." Piyano hep onu çalıyor: "Başta bütün dünyanın." "Helal olmasın, helal olmasın!.."

Safiye Yenge, bir başka resmin kim olduğunu soruyor. "O da büyük adamlardan biridir," diyorum. "Adu nedur?" "İliç," diyorum. "Gâvur mudur?" "Evet." "O binam neyumuz olur ki?" Hilmi geliyor, "Teyze o çok büyük bir insandı, ulusunu, emekçileri kurtarmıştı..." Ayağa kalkıyorlar, her biri bir resmi gösteriyor. "Ha bu kimdur?" "Bu kimdur?" "Bu, bu?" "O düşmanı yenerek... Kapitalizmin emperyalizmden... Yoksul halkı..." "Desena komonis, desena komonis..." diye birbirlerini uyandırıyorlar. "Biz zaten bu kız için çok şeyler duymuş iduk, kalkın kalkın, sürünmeyin bi yana abdestiniz bozulur, murdar olursuz, murdar olursuz..." Annem, "Bana bakın akrepler, çenenizi kapayın, ben sağken kızıma söz söyletmem, ben hem anası, hem babasıyım onun; çakallar siz komonis nedir ne bilirsiniz, şimdi benim ağzımı açtırmayın ha!" diye Emrullah'ın yakasına yapışıyor. "Sen karakoncolos, vaktiyle benimle de az mı uğraştın, kocamı da dertli gönderdiniz öbür dünyaya, bunlar gene senin başının altından çıkıyor," diye fırlatıyor duvara adamı. "Kalkın oy! Kalkın, bunların elinden çay da içilmez, murdar olduk!" diye bağrışıyorlar, itişip kakışıyorlar, Necmettin Molla'ya yetişen annem, "Hele sen ne çabuk unuttun, kızının, şoföründen doğurduğu piçi, sakalına sıçtığımın pezevenk herifi!.." diye koparıyor sakalı. Rüfet, Kastro'nun yüzüne bir yumruk indiriyor, onu gören ötekiler de bütün çerçevelere saldırıyorlar; duvar tabakalarını, yağlıboyaları, Nuri İyem, Levni, Fahir Aksoy, Avni Mehmetoğlu'nu parça parça ediyorlar. "Siz onu öldü sanıyorsunuz, temelli erkeksiz kaldık sanıyorsunuz, öyle mi? Şimdi ben size gösteririm boyunuzu!" diye yatak odasına koşuyor annem, çırpınıp duran torbayı sırtlayıp getiriyor, ağzını çözüyor. Birdenbire binlerce kuş fırlıyor dışarıya: Bıldırcınlar, kılkuyruk, yağmurkuşları, bakaçalar, ardıçlar, toygar, kinyarlar havalanıyor. Yabanördekleri, çilkuşları, beçtavuğu, bağırtlak, kılkuyruklar uçmaya başlıyor başımızın üzerinden. Selami, Asım Ömer'in tüneklerinde uyuklayan atmacaları, vahşileşerek, kovalıyorlar kuşları, dans edenler çığlıklar atarak, kollarını bacaklarını açarak yerlerde dönmeye başlıyorlar. "Başta bütün dünyanın, başta bütün dünyanın." "Helal olmasın, helal olmasın!" Hacı Salih, Recep Temel Sofuoğulları, Molla, bana saldırıyor. Meral, Sabri Kaptan, Hilmi Musa, Civelek Ahmet beni koruyor, annem, "Hani baban, hani baban?" diye torbayı karıştırıyor, bulamayınca çöküyor yere, yüzü mum gibi.

İhsan'ı kolundan tutup sarsıyorum: "Uyan, uyan! Yakışır mı sana böyle dans etmek? Yardım et bize. Görmüyor musun?" İhsan dansı kesip cebinden bir molotofkokteyli çıkarıyor. "Sakın atma budala, hep birden gideriz," diyorum. Sonra, kükremeyle inleme, inlemeyle yakarma arasında bir sesle konuşuyorum: "Durun, beni dinleyin ey kardeşlerim, büyüklerim, durun, boşuna kan dökmeyin, sizler Tanrı'yı tanırsınız; öfkeyi, kötülüğü bırakın, hepimiz aynı kandanız, gelin el ele verelim, gelin ben sizi kurtaracağım, sizin iyi Allahınız olacağım, arkamdan gelin..." Biri, bir yumruk indiriyor sırtıma. "Tuuh sana! Allahsız karı, sen mi bize peygamberlik edecesun? Töbe de, töbe de!" diye haykırışmaya başlıyorlar... "Bu bizden değil, bu bizim kanımızdan olamaz; zaten bunun babası da bir tohaftı, ilk o şapka geyindiydi, ilk o karısına da şapkayı geyindirdiydi, kızına da ilk o okuttuydu, camiye de bayramdan bayrama gelirdu, başına da takke komazdı..." Hilmi'yi altına alan Temel tekmeler savuruyor çocuğun boş yerlerine; Civelek'in tepesindeki bir tutam saça yapışmış bir başkası, yerlerde sürüyor adamı; Yazıcıoğlu köşeye sıkıştırdığı Musa'nın burnunu yumrukluyor, Musa, "Ceviz Ali! Ceviz Aliii!" diye bağırıyor durmadan. Ben odama koşuyorum, dedemden kalma kılıcı kapıp saldırıyorum üzerlerine. "Kanınıza susamışsınız siz, sizi kesmek haktır," diye bağırıyorum, birkaç tanesini şehit ediyorum. "Siz peygamberlikten de anla-

mazsınız," diyorum. "Ölüm paklık size, ölüm paklık size..."
Kovalıyorum düşmanları. Kavgaya girmeyenler el çırparak
bizi seyrediyorlar, kaçanlar dar atıyorlar canlarını sokağa,
ayakkabılar sahanlıkta kalıyor.

Açık kapıdan, önce kuşlar, ardından atmacalar süzülüp
çıkıyor. Annem yanıma geliyor, öpüyor beni. "Ben demiştim,
oğlum yok ama, bu benim hem kızımdır hem oğlumdur, hem
oğlumdur hem kızımdır!" Ağlıyor. Babam da susuyor artık.
"Helal olsun" da demiyor, olmasın da.

Kılıç elimdeymiş. Kavgaya karışmayanlara, "Siz de defo-
lun, yoksa sizin de başınızı uçururum," diyormuşum. Kaçı-
yorlarmış onlar da. Meral gelip terimi siliyormuş, sonra Şi-
rin'le birlikte cam kırıklarını, öteyi beriyi temizliyormuş. Be-
nimle birlikte kavgaya girenlerle sarılıp öpüşüyormuşuz. "Ya
ölüler?" "Ölülerini alıp götürdüler," diyorlarmış. Kapı çalı-
nıyormuş, eşim geliyormuş, yanağımı öpüp "Nasılsın sevgi-
lim?" diyormuş. "Sen nerdesin be ayıp denilen bir şey var-
dır?" diyormuşum, rakı kokuyormuş ortalık. "Ne yapayım,
mevlûtu unutmuşum, şimdi aklıma geldi," diyormuş. "Bu
evin hali ne?" Annem, "Savaş ettik savaş, erkeksiz savaştık,
biz kazandık!" diyormuş. "Deliler," diyormuş eşim bize, kah-
kahalarla gülüyormuş. "Deli sensin!" diyormuşum ben de,
biz de gülüyormuşuz. Piyano kendi kendine "Başta bütün..."
çalıyormuş. "Sustur şunu!" diye bağırıyormuşum İhsan'a. İh-
san bir tekme atıyormuş piyanoya, bebek hemen inip kunda-
ğına giriyormuş, dans edenler ayılıyorlarmış. İhsan gene tek
parmakla tıngırdatmaya başlıyormuş: "Otur sevduğum otur
da Rize eskemlesine/Yüreğumun derdini de diyemem hepisi-
ne." "Şimdi çayları getir Şirin!" diyormuşum. "O ayakkabı-
lar da senin olsun." "Peki hanımcığım," diye konuşuyormuş
Şirin, çok seviniyormuş. Hep birlikte horon ediyormuşuz.

KADIN

Bayan Nermin, on yıllık İşçi Partisi üyesi, kayaktan döndü. Odasının penceresini açıp karşı yamaçlara baktı. Güneş, karalara batmış sırtlara pembe mor puslar düşürüyordu. Kar, seyrek, kaba kaba yağmaktaydı. Şuradan buradan fırlamış birkaç ladin ağacı, yüklendikleri karı taşıyabilmek için başlarını eğmiş, kollarını sarkıtmış, doğaya yakarır bir biçim almışlardı. Bayan Nermin, ciğerlerinin dibini yalayası o doğadan uzun bir soluk çekti, soluğu koyverirken kulaklarına sesler doldu: "Herife bak, karının götüne kemer tutturuyor!" Bayan Nermin aşağıya, sesin geldiği yöne doğru sarktı. İki köylü çocuğuydu. Liftle dağın tepesine çekilen ve oradan tüm hızlarıyla kayarak aynı yere inen ve yeniden liftle dağın tepesine çekilmeyi bekleyen kadın-erkek-çocuk kayakçıları seyrediyorlardı. İkisinin de elleri ceplerinde, omuzları çekik, çeneleri kısıktı. Liftin her kalkışıyla oldukları yerde bir kez zıplıyorlar, tuttukları karı yere dökerek sevinci andırır hayvansı sesler çıkarıyorlardı.

Bayan Nermin otel odasındaki divana kayak kıyafetini çıkarmadan attı kendini. Yüzünde kırık bir sevgi dolaşır gibi oldu. "Belki de bir gün bunlar..." dedi yüksek sesle, ardından da "Düşünmeyecektim düşünmeyecektim," diye yetiştirdi.

Bayan Nermin parti kurulur kurulmaz üyesi olmuştu. Ona öyle gelmişti ki, üç dört yıla varmadan işçi kardeşleri alanlara sığmayacak –kentin alanları da avuç içi kadar boşluklardı–, naraları yaldızlı gökleri delecek, yüzyıllardır beklenen "imtiyazsız sınıfsız" toplum kuruluverecekti. Gerçi daha ilk günlerden işin güçlüğü belli oluyordu ama, Bayan Nermin için bütün güçlükler doğaldı. Şimdilik, ilk gün olduğunca bugün de en önemli sorun, genel başkanın dediğince "halka inebilmek"ti. Bayan Nermin parti disiplini nedir bilenlerdendi, hatta yıllardır böyle bir disiplinle eğitilmeyi bekleyenlerdendi. "Halka inmek" sözünü duyunca azıcık irkilmişti ama ses çıkarmamıştı. Sadece içinden "halka varmak, halka çıkmak demek istiyorlar" diye geçirmişti. "Halka çıkarlardı" o kadar. Konuşmalar, toplantılar, tartışmalarla başlayan çalışmaları, yürümeler, kovalanmalar, kaçmalar, taşlarla sopalarla yaralanmalar izledi. Ama yılmaya, umutsuzluğa düşmeye niyeti yoktu Bayan Nermin'in; araya giren bütün hain güçlere karşın bir gün halk onları, onlar da halkı anlayacaklardı. Hatta onlar şimdiden halkı anladıklarını sanıyorlardı ama halka bir türlü yolunu bulup anlatamıyorlardı kendilerini.

Kimi günler, grup grup gecekondu mahallelerine gidip de, gerçekleri; şimdiye dek nasıl kandırıldıklarını onlara anlatmaya başladılar mıydı, ön saflarda kıpırtısız dinleyen insanların arasından birkaç kişi çıkıp da kafalarına irili ufaklı taşları savurur savurmaz, demin ön sıralarda uysal, umut veren gözlerle kıpırtısızca dinleyenler birden dalgalanıyorlar, ötekilerle birlikte "Moskova'ya! Moskova'ya!" diye bağrışıyorlardı.

Bayan Nermin böyle günlerde içi yana yana evine dönüyor, olayları eşiyle tartışıyor, bu gafil, bu bir melek kadar temiz, bir akıl hastası kadar saf olduğu için kandırılmış halkına çıkmanın başka yollarını arıyordu.

Bayan Nermin sanki kendi kendisine işkence etmekten tat duyan, belki de bu işkenceden sevap uman, yüzyıllardır çektiği çilelerden kurtarılmayı istemeyen, bu topyekûn ermiş halkını anlayamadığından şüpheye düşüyor ve tıpkı o kendi halkından birisi gibi düştüğü şüphenin çilesini çekiyordu. Ama gene de halkının üzerine çökmüş, bu katmanlaşmış tabakaları, bu taşlaşmış kabukları delmenin bir yolunun bulunacağına inanıyordu. Zorluklarla karşılaştığında büsbütün artan tutkusu kendisinin de gözünden kaçmıyor, "Acaba halkımı çok sevdiğim için mi bu yola koşmaktayım, yoksa ötekilere olan öfkem mi beni buraya itiyor?" diye kendi kendisine sorup duruyordu. Gene biliyordu ki bunları çözümlemenin önemi yoktu artık. Artık önemli olan, şu ya da bu nedenlerle tuttuğu yolun en doğrusunu bulmak ve ölmeden önce "oldu" diyebilmekti.

Bayan Nermin de, eşi de aydın kimselerdi. Eşi Bayan Nermin'in düşüncelerine katılmasa da ona anlayış gösteriyor, giderek ona destek oluyordu. Bayan Nermin düşündü taşındı, eşiyle uzun boylu tartıştı, sonunda kendisinde bir cins inat uyandıran bu halkı daha iyi tanımak için Bay Bedri'yi de kandırdı ve evlerini Osmanbey'den Taşlıtarla'ya taşımaya razı etti. Yalnız eşi işyerini değiştirmemekte direniyordu. İsterse karısı varsın Taşlıtarla'daki "bedavacılar"a iş görsündü ama artık kendisinin meslek hayatına "rica ederim" karışmasındı.

Bir mayıs sabahı, çançiçeklerinin, çayırgüzellerinin öteden beriden fışkırmaya başladıkları bulutsuz bir sabah, evlenirken çeyiz getirdiği gül ağacından yatak odası takımını, kauçuklu divanını, koltuklarını mahallenin eskicisi Kürt'e ucuza sattı, büfesiyle vitrinini anasının salonuna yerleştirdi, gümüşlerini gün ola harman ola diyerek ona emanet etti ve Taşlıtarla'da kiraladığı iki göz odaya sığacak kadar eşyayı bir kamyona yükletti. Anası, zaten küçüklüğünden beri ele avuca sığmayan bu deli kızına yaşlı gözlerle baktı, "Allah buna akıl fikirler ihsan etsin ne diyeyim, şimdi ben konu komşuya ne söyleyeceğim, Allahım, sen bana ölmeden önce, bu kırkına merdiven dayamış kızın uslandığını göster yarabbim, gözüm açık gidecek, yarabbim sen bilirsin," dedi içinden. Kızına da, "Bir ayağım çukurda gene beni bırakıp gidiyorsun, bari bir zaman görünme de ahbaplarıma Paris'e gitti diyeyim," dedi. Bayan Nermin'in canı sıkıldı, anasına, "Hay o ahbaplarının adı batsın, hâlâ onların gözüne girmeye uğraşıyorsun!" diye çıkıştı, ardından sarılıp anasının buruşuk yanaklarını öptü. "Hadi üzülme, bir süre gelemem. Amerika'ya alışverişe gitti de istersen," dedi, onu kucakladı ve ayrıldı. Anası kat kapısının sahanlığına, paspası ıslatmadan bir bardak su fırlattı.

Bayan Nermin kamyonun üzerine yüksekçe bir yere kauçuklu okuma koltuğunu güzelce yerleştirdi, kendisi de içine gömülüp bacak bacak üstüne attı ve bir de cıgara yakarak Taşlıtarla'nın yolunu tuttu.

Kamyon hareket ettiğinde önüne geçilmez bir duyguyla, çıktığı apartmana doğru, küçüklüğünden kalma ve daha çok erkek çocukların yaptığı bir "na" işareti yaptı, hemen de korkuyla sinip acaba kimse gördü mü diye sağa sola bakındı. Bu hareketi yüzünden annesinden yediği tokatları anımsayarak gülümsedi.

Yol boyunca sevinçten boğulur gibi oluyor ve biraz olsun sakinleşebilmek için gırtlağının var gücüyle şarkı söylüyordu. Birdenbire sesinin açıldığını, pürüzsüz, ılık ılık, çağıldamaya başladığını işitti. Gerçi Bayan Nermin'in ömrü boyu hiçbir vakit batıl inançları olmamıştı ama yeni sesinin güzelliği karşısında üzerine ruh yüceliği indiğini anladı. Kendisini ancak ve ancak bencil olmayan duygularla toplumuna, halkına adayanların erişebileceği bir mertebeydi bu. Anasının bu sesini duymasını çok istedi.

Ayağa kalkarak göğe, balıksırtı koyulukların hızlı hızlı doluştuğu o açıklığa bakıyor, arada bir kamyonun sarsıntısıyla yerine çöküyor, ardından tutuna tutuna gene kalkıyor, gene düşüyor, gene kalkıyor ve bu düşüş kalkışlarla büsbütün güzelleşen kendi sesini gözleri yaşararak kendisi dinliyordu.

İçi endişeden sevince, sevinçten korkuya, korkudan coşkunluğa dönüşüyor, insanları gördükçe ellerini kollarını açarak sevgiyle selamlıyordu. Utanmasa herkese öpücükler gönderecek, göbek atacaktı. Bunu yapmıyordu ama onların duyabileceği bir sesle "Hep beraber! Hep beraber!" diye bağırdığı oluyordu. Durup bakıyordu insanlar kamyona, şaşırarak gülümsüyorlardı, sonra yollarına gidiyorlardı gene. Bayan Nermin şarkısını kesip kesip yeniden başlıyor; acaba sesim gene öyle güzel çıkıyor mu diye dinliyor, güzelliğinden emin olunca yeniden kalkıp halkı selamlıyordu. Soluk soluğa kalmıştı, içinden bir başka ses çın çın öterek, "Çok şükür, çok şükür halkıma; şu ne insan ne hayvan olan, ne kurnaz ne aptal, ne seven ne sevilebilen, bugüne dek en masum davranışlarıma bile bir kulp takan o çürük yürekli, o yarısı yaratılmış yarısı yaratılmamış burjuvalardan beni çekip koparan halkımın aşkına şükür!" diyor, sonra yeniden ellerini çırparak şarkıya başlıyordu.

Yarı baygın bir halde yeni yuvasına geldiğinde kamyondan atladı ve her dara geldiğinde yaptığınca sol yumruğunu dişleri üzerinde dolaştırdı. Geride, evinde bir piyanosu kalmıştı, onu satıp satmamaya karar verememişti. Epeyi bocaladı. Piyanonun onun yaşamında ayrı bir yeri vardı. Ayrı, parçalanmış, tılsımlı bir yeri. Geçmişin de Bayan Nermin'in de parçalanışını simgeleyen, bir ulusun hatalarını, bir ailenin suçlarını gösteren bir yontuydu o. Küçüklüğünü: En zor geçindikleri dönemlerde bile anasının dişinden tırnağından artırdıklarıyla o günün ünlü bir Beyaz Rus'undan kızına piyano dersi aldırışını, kabul günlerinde "Hadi biraz Chopin'den çalsana" diye onu ortaya sürüşünü, bu beyaz Rus mösyöye âşık oluşunu, onunla öpüşüşünü, öyle bir günde anasının banyodan çırılçıplak fırlayıp, ayıp yerlerini bile örtmeden "gösteririm şimdi size Tatar gelinin çalgısını" diye, adamı kovalayışını, ardından fırlattığı bir kalıp beyaz sabunla Rus'un kalın enseli, sarı saçlı, dolikosefalini tam tepeden yardığını, dönüp kızını pataklayışını, yıllarca "Hem de bir gâvurla! Hem de bir gâvurla!" diye dövünüşünü, bu olayı da babasından saklayışını böylece otoriteyi kimseyle paylaşmadığını bir bir anımsadı. Yumruğunu dişlerinin üzerinden çekti. "Mademki dünyada böyle bir saz vardır, onu halkımın bilmesinde de bir yarar vardır," dedi ve eşyayı boşaltan kamyona bir sefer daha yaptırarak piyanosunu getirtti.

Yeni yaşamının ilk güçlüğü de böylece ortaya çıktı. Tam kuyruklu "R. Erblich und Söhne" kondunun kapısından sığmıyordu. Hava kararmak üzereydi. Bayan Nermin yeniden sol yumruğunu dişlerine bastırdı ve "Halka feda olsun," diyerek piyanoyu kondularının bahçesindeki kavruk bir erik ağacının gölgesine yerleştirdi. Sekiz hamalın kamyondan gücün indirip bindirdiği, ötesini berisini önce koparıp sonra takarak koyup kotardığı bu kara devi, dilleri tutulmuş bir yüzle seyreden Taşlıtarla çocukları için o gün, yaşamak birdenbire gerçeküstü bir biçim aldı. Kafaları küme küme bir araya toplanmış, birer ellerini babaları gibi bellerine salmış, o kara kuştan yana bakmıyormuş gibi yapan ince boyunlu, fırlak gözlü, çarpık bacaklı, bu sevgili çocukları Bayan Nermin heyecandan tıkanan bir sesle yanına çağırdı. Çocuklar başlarını öte yana çevirdiler. İçlerinden biri, en kabacası, bir el cepte, kaşlar çatık, usul adımlarla Bayan Nermin'e yaklaştı, ardından ötekiler de seğirtti. "İşte çocuklar, bu çalgıya piyano derler. Size anlatayım: Bakın şimdi, piyano on sekizinci yüzyılda ortaya çıkmış bir çalgıdır. Ama bu bizim çalgımız değildir. Her ulusun kendine göre çalgıları vardır. Örneğin İsviçreliler çobanlıktan gelmedir. Onların çalgısı uzun, çok uzun, bir ucu ağızdayken öteki ucu şu ilerideki nar ağacına kadar uzanan koskoca bir kavaldır. Bizim çalgılarımız başkadır: Tulumumuz, sazımız, kemençemiz, udumuz, kavalımız, kanunumuz..." diye dersini vermeye başladı.

Çocuklar söylenenleri anlamamış ya da dinlememiş görünüyorlar, çatık kaşla bakmalarını sürdürüyorlardı. Bayan Nermin gülümseyerek "Gelin, yaklaşın, şimdi size çalayım, bakın nasıl sesler çıkaracak," dedi. Altına bir sandalye çekerek oturdu ve "Chopin'den bir vals," diye, çalmaya başladı. Parçayı kesip de döndüğünde bahçenin kadınlı erkekli tıklım tıklım dolmuş olduğunu gördü, küçük bir kız sağa sola sallanarak müziğe uymaya çalışıyordu, anası sırtına bir muşta indirerek durdurdu onu. Bayan Nermin bahçeyi dolduran halka candan kopan bir gülüşle "Merhaba," dedi. Halk duyulur duyulmaz bir sesle "Merhaba," diye karşılık verdi. Sonra erkekler yavaşça sıyrılıp ağır ağır uzaklaştılar, kadınlar kısa süren bir şaşkınlıktan sonra "Hoş geldin," dediler. İçlerinden kimisi erkekler gibi sessizce ayrılıp gitti, birkaçı kalıp, "Güle güle otur, ee, nasılsın bakalım?" gibi laflar ettiler. Bayan Nermin onlara da piyanodan söz açtı ve isterlerse çocuklarına ders vereceğini söyledi. Kadınlar buna bir karşılık vermemişler, sadece birbirlerine bakmışlardı. Bayan Nermin buna çok sevindi. Gereksiz bir coşkunluğa, sanki bir korkuya kapılarak saçmaladığının farkındaydı. Halka sınıf bilincini aşılamanın yanı sıra, piyano dersi vermenin partililerce kendini nasıl rezil edeceğini biliyordu. Bundan onu koruyan halkı bir kez daha sevgiyle kucakladı içinden. "Eee yerleş bakalım geliriz," diye başörtülerini dişleriyle çekeleyip giden kadınların ardından bakarak "Canım halk!" dedi. Kendi kendine bir daha böyle heyecanlı, böyle aceleci olmamaya, soğukkanlı davranmaya karar verdi. "Bugün yaptıklarımın çoğu hata idi," dedi.

Bayan Nermin'in eşi Bay Bedri o akşam işinden erkence döndü. Arabasına park yeri bulmak için bir hayli dolandıktan sonra, yeni komşulardan birinin yardımıyla yeni yuvalarına ayakla beş dakika çeken bir yere İmpala'sını yerleştirdi. Mahalleli ve çocuklar piyanoya gösterdikleri ilgiyi arabaya göstermemişlerdi. Arabadan çok içinden çıkacak olanı merak eden birkaç çocuk, arabanın ardı sıra koşmuş, bu yeni insanı beklemiş, evine kadar da geçirmişlerdi.

Bayan Nermin eşini küçük bahçelerinin kapısında karşıladı. Hava kararmıştı, içeriye girdiler, uzun uzun öpüştüler. Bay Bedri piposunu doldururken Bayan Nermin geçenleri anlattı. Burayı yadırgamayacaklarını, Birleşmiş Milletler Teşkilatı'nda iş bularak, örneğin Kongo'ya gönderildiklerini farz etmesini söyledi. Hani yıllardır yazışıyor ve olumlu bir yanıt bekliyordu ya Bay Bedri, herhalde oradan daha kötü değildi burası. Bay Bedri, "Evet ama sevgilim orada ayda 2.000 dolar kazanacaktım, burada üstüne koymayalım da," dedi. Gene de keyifli görünüyordu.

Taşlıtarla'ya yerleştiklerinden birkaç ay sonra, Bayan Nermin buralara alışmıştı bile. O her şeye çabucak alışmasını bilenlerdendi. Üstelik halkını anlama savaşı veriyordu, bu karışık günlerde bu büyük dönemeçte küçük burjuva alışkanlıklarını aklına bile getirmesi alçaklık sayılırdı. Taşlıtarla dedikleri kadar kötü bir yer değildi. İnsanları sakindi. Birbirleriyle geçiniyor gözükmekteydiler. Arada bir daha çok çocuklar yüzünden kavgalaşıp küsüyorlar, ama bu küskünlük iki gün sürüyordu. Komşuluk çoktu. Kendisine de gelen giden oluyordu. İlkin Bayan Nermin'in kim olduğunu araştırmışlardı. Bu araştırmayı güpegündüz yüzüne karşı yapıyorlardı: Anan baban kimdi? Ne iş yaparlardı? Hayatta mıydılar? Kaç para kazanırlardı? Katları var mıydı? Kaynanası, kaynatası, kardeşleri, kayınbiraderleri, onların işleri, aylıkları, çamaşır makineleri var mıydı? Her biri için ayrı ayrı kaç çocukları vardı? Bayan Nermin'in neden çocuğu olmamıştı? Ve hele ASLEN nereliydiler? Öyle katları vardı da, neden ana, gelin, kaynana oturmuyorlardı, buraya geliyorlardı? Ötekilerle bir arada yaşarken Bayan Nermin bu türden meraklara adilik derdi. Bir insanın aslen nereli olduğunun, kaç para kazandığının o kibarlarca merak edilmesine dayanamaz, onlarla alay ederdi. Ama şimdi halkının bu açık merakı ona batmıyor, sabırla, bir bir yanıtlıyordu hepsini. Soracakları bir şey kalmadığını anlayınca Bayan Nermin onlara düzeni, düzenler arasındaki ayrımı, nasıl sınıflı bir toplum olduklarını anlatmak üzere dil dökmeye başlıyordu. Kadınlar belli bir sıkıntıyla dinliyorlar, sözü değiştiriyorlar, hiçbir şey anlamamış gibi duruyorlar, kimi vakit de geleli daha on dakika olmamışken "Eh bana müsaade, geç oldu," diye kalkıp gidiyorlardı. Duruşlarında, bakışlarında, oturuşlarında öyle bir boşluk kalıyordu ki, Bayan Nermin bir şey konuşamaz, anlatamaz oluyordu. Sanki Bayan Nermin konuşursa söz bitiyordu. Öyle davranıyorlardı işte. Bayan Nermin bu işin çok ağır ilerleyeceğini düşünmüştü ama, tıkanıp kalması ürkütüyordu onu. Bu insanların içerilerine yüzyıllardır biriken güvensizliği silip atmanın, sosyalistlerin ne kadar çıkarsız olduğuna onları inandırabilmenin bir başka, kolay bir yolu olmalıydı mutlaka, mutlaka mutlaka olmalıydı.

Bay Bedri karısına düşkün bir adamdı. Onun çocuksu içtenliğine başından bu yana bir hayranlık duyardı. Karısının böyle yüce bir duyguyla kendisini kahra sürüklemesi, onda büsbütün saygılı bir hayranlık uyandırıyordu. Bu saygı, Bayan Nermin'in partili arkadaşlarında da uyanmıştı. Bu arkadaşlar uzun yaz gecelerinde sık sık, kadınlı erkekli gelirler, piyanonun berisindeki akasya ağacının altında hep kurulu duran masa başında, kimi geceler sabahlara kadar yiyip içip politika konuşurlardı. Böyle gecelere, çağırsalar da konu komşudan katılan olmazdı. Arada bir bitişikte oturan partili bir arkadaş Ofsetçi Rıza ile Hukuk 2'de okuyan bir genç sessizce gelirler, çekine çekine tabaklarına aldıkları bir iki lokmayla rakılarını içerler, konuşmalara katılmadan erkence izin isteyip giderlerdi.

Bir akşam başkanları gelmişti. İnce davranışlarla el sıkmış, hatır sormuş, konu komşu hakkında bilgi istemişti. Bayan Nermin, bu insanların hayatlarından memnun göründüklerini, hiçbir şeylerini değiştirmek istemediklerini ve tümünün de iktidardakilere bağlı olduğunu sıkılarak anlattı. Başkan dinledi ve sanki başsağlığına gelmiş bir insanmış gibi hüzün dolu bir sesle üzülmemesini, öyle göründüklerine bakmamasını, halkın ne yapacağının hiç belli olmayacağını ve sabırla onları eğitmeyi sürdürmesini salık verdi. Bahçenin bir yanında eğrilmiş, çubuklarına tırmanmaya çalışan filokseralı asmalara bakarak üzüm üretiminden, aracılardan ve gene halkın eğitilmesinden konuştu. "Ne güzel bir bahçe, ne güzel bir yer," dedi. "Halkımız bunlardan çok daha güzellerini yaratacak ve yaşatacaktır. Halkımız bu kurtuluş savaşında da iç ve dış düşmanı yenecektir," dedi. Bay Bedri, o sırada piposunu ağzından çekti ve başkana dönerek "Beyefendi," dedi, "bu halk birinci kurtuluş savaşından da galip ayrılmıştı, ama sonuç işte önümüzde. Bu halka ikide bir kurtuluş savaşı verdirmenin bir anlamı var mı, sonuç böyle olacaksa diyorum?" Herkes şaşkınlıkla bu sözleri dinledi ve hiçbir şey anlamadı... Bayan Nermin kocasının, bu siyasal konularla özel bir ilişkisi olmayan, emeği geçmeyen kocasının yaptığı şapşallığa "Ne münasebet!" diye bağırdı. Başkansa, "Halkı ikinci kurtuluş savaşına sokan biz değil, nesnel koşullardır, halka istemediği bir şeyi yaptırmanın imkânı da yoktur, asla! Ayrıca her savaş aynı biçimde sonuçlanmaz sanıyorum," dedi. Başkanın bu olgun davranışı orada bulunan herkesi büsbütün kendisine bağlamıştı. Bay Kadri piposunu boşalttı, doldurdu ve kaba kaba çekmeye başladı. Sözü değiştirerek, yazın çok sıcak geçtiğinden, gelecek ay çıkılacak yurt gezilerinden ve Amerika'nın fırlattığı yeni roketten konuştular. Sonra başkan izin isteyerek kalktı onunla birlikte, Talat, Muzaffer, İhsan ve Osman da kalktılar. Bayan Nermin'le eşi başkanı taksi durağına kadar yürüyerek geçirdiler. Yolda hiçbir şey konuşulmadı, sadece başkanın soruları:

— Orası bir ev olmalı efendim.

— Şurası mı, orası karakol.

— Evet, büyük bir yapı, Komünizmle Mücadele Derneği binası efendim.

Karanlıkta yürüyen bu altı insanın ayak sesleri eğri büğrü taşlardan kalkıp kalkıp Bayan Nermin'in üzerinde yankılanıyordu. Ayrılırken uzun uzun ve içtenlikte ellerini sıkan başkan, Bayan Nermin'e dönerek "Sizi kutlarım," dedi, "başarılar dilerim."

Döndüler. Bayan Nermin kocasının koluna girmedi. Eve geldiklerinde hiçbir şey konuşmadan yatağa girdi, Politzer'in *Marksist Felsefe Dersleri* kitabını açıp okumaya başladı. Bay Bedri bahçede bir süre daha oyalandı, piposunu doldurdu, gazeteleri karıştırdı, ışıkları söndürdü. Yatmaya geldiğinde karısını uyumuş buldu. Politzer'in kitabı göğüslerinin ortasında yatıyordu Bayan Nermin'in.

Otel divanında bir yandan öteki yana dönerken yüksek sesle "Yok yok, pişman değilim, hiç değilim, bunların olması, geçilmesi gerekliydi," diye konuştu. Kalkıp birkaç tur attı, boşluklarından usul usul kımıldamaya başlayan sancının mideye girmekte olduğunu sezmişti. Yeniden "Düşünmemeliyim," dedi. "Doktoru dinlemeliyim." Doktoru ona "Yolculuklara çıkın, tabiata dönün, hiçbir ciddi işle uğraşmayın, spor yapın, eğlenin," demişti. "Hatta," demişti, "hatta dilediğinizce gönlünüzü eğlendirin, kendi kendinize baskılar koymadan!" Bayan Nermin, bunu söylerken her bir yanını ayrı ayrı süzen doktordan gözlerini kaçırıp çantasına davrandı, ücreti verdi ve teşekkür ederek dışarıya fırladı.

Yeniden sarktı. Aşağıdaki iki üç çocuk yüzlerini sağa sola silkeliyorlar, soğuktan pancar kesmişler, kaba saba hareketlerle ellerini hohlaya hohlaya zıplıyor, çifte atar gibi tepiniyorlardı. Kayakçılar renk renk dağ ceketleri içinde düzgün bir biçimle koyağa inip çıkıyorlar, düşüp kalkıyorlar, dağa baştan ayağa sürekli bir renk çizgisi çekiyorlardı. İki çocuk bu kardan sirkte paskallık eden cücelerdi sanki. Önüne geçemediği bir öfke bütün hücrelerine yayılıyordu, yayıldıkça da midesinin ağrısı çoğalıyordu. Farkına varmadan otel odasında hızlı hızlı yürümeye, dönmeye başlamıştı. Eşiyle olan tartışmasını anımsadı. Bay Bedri ona, "Kendisini bir ruh hekimine göstermesinin iyi olacağını; yoksul olmayan ya da acı çekmeyen insanlara karşı taşıdığı kinin devrimcilik değil, bir hastalık" olabileceğini söylemişti bir pazar günü. Bayan Nermin kulaklarına inanamamıştı. Sonra şöyle konuştular:

— En basit adı bu hastalığın; biraz vicdan biraz da sağduyu sahibi olmaktır!

— İşçi sınıfını sizin ya da bizim gibi burjuvaların kurtaracağına inanıyorsan, hadi bakalım sürdür oyununu, bilinçlendir halkını...

— Bu konuda incelemelerin olduğunu bilmiyordum.

— Ne incelemesi?

— Kitapların, araştırmaların.

— Koltuğunun altında kitap taşımayanlara söz hakkı vermeyeceksiniz demek!

— Benim bildiğim, aydınların bu savaşta öncülük edebileceklerdir.

— Gerçekçi olun biraz. Burası Çin değil, burası başka bir yer. Bu konuda sana sesimi çıkarmamam insanların inanç özgürlüklerine duyduğum saygıdan başka bir şey değildir. Yoksa yüzlerce yılın açığını burada, Taşlıtarla'da bir iki yılda kapatacağına inandığımı sanıyorsan çok saf olmalısın.

— Sen de o açık, aydınların burnu kanamadan kapansın istiyorsun.

Bayan Nermin yeniden "Düşünmemeliyim," diye söylendi ve odayı arşınlamasına son verdi. Artık incecik bir dilim pembesi kalmış güneşe baktı. Fotoğraf makinesini çıkardı, güneşe bakarak ayarladı, çekti.

Kapı komşusu Ruhsar ona bebeğini bırakmıştı bir gün. "Aksaray'a kadar gidip geleyim abla," demişti. "Besledim, altı da temiz, iki saate kalmaz dönerim." Ofsetçi Rıza'nın karısı yeni gelin. Bayan Nermin bu hiç konuşmayan kadının isteğini sevinerek kabul etti. Kadın bebeği getirip sedirin üzerine yatırdı, yüzüne çevresi tığla örülmüş dantelli bir beyaz tülbent örttü. "Sen işine bak abla onun sesi çıkmaz," dedi ve gitti. O gittikten sonra Bayan Nermin tülbentin altında yaşamıyormuş gibi duran bebeği merak etti, bebek soluk alamayacak gibi geliyordu ona. Bezin bir ucunu tutup hafifçe kaldırdı. Çocuk o anda uyanarak ağlamaya başladı. Tülbendi yeniden yüzüne örttü çocuğun, susmuyordu. Kucağına aldı salladı, gittikçe daha çok bağırıyordu. O anda kollarında bir sıcaklık duydu, bebeğin kundağında sarı bir ıslaklık yayılmıştı, leke gittikçe genişliyordu. Ne yapacağını şaşırarak bebeği sedire bıraktı. Çocuğun kesilmeyen avazları sanki konduyu sarsıyordu. Ağlaması durmuyordu. Sarı leke sedire de yayılmaya başlamıştı. Koştu su ısıttı, leğen getirdi, suyu ılıştırdı, havlular bezler aldı, bebeğin yanına taşıdı. Kundağı açtı, ömründe hiç duymadığı bir koku her yanı kapladı. Pis bezlerin, havluların arasından bebeğin küçücük pembe karnı ve dudusu ortaya çıktı, orası kabukları ayıklanmış sarı, sapsarı, büyükçe bir midyeye benziyordu. Her yanı vıcık vıcıktı, kasıklarından tombalak bacaklarına, oradan topuklarına doğru sarı bir su süzülüyordu. Çocuğu koltuklarından yakalayıp ılık suya soktu çıkardı, soktu çıkardı, çocuk biraz susmuştu, sonra temiz havlulara sardı yatırdı, çocuğun çeneleri titriyordu, üzerini örttü. Korkusundan, heyecanından sersemlemişti. Hiç ses çıkarmadan çene atan bebeğin üzerindekileri aralıyor, açtığı aralıktan içeri bakıyor ve hemen sapsarı sularla altının gene kirlendiğini görüyordu. İğrenmeyi unutmuştu. Koşup gidiyor eski çarşaflar, bezler buluyor, yırtıyor altına yerleştiriyor, yeniden kalkıyor bakıyor, kirlenen vıcık vıcık bezleri elleriyle tutup alıyor, yenilerini koyuyordu. Kadın döndüğünde Bayan Nermin'i ve çocuğu karşılıklı ağlar buldu. Bebeği olduğu gibi sardı ve götürdü. "Kusura bakma abla," dedi giderken. Kadının meraksızlığı karşısında donup kaldı.

Bayan Nermin, kocası gelir gelmez bebeğe koşturdu onu, merak edecek bir şey değildi, ilaçlarını aldırdı. Bebeği yokluyor, her gün gidip gelip mamalar yapıp onunla ilgileniyordu.

Kadınla arkadaş olmaya başlamışlardı. Bebeği sanki yarı yarıya kendisi büyütmüş gibi seviyordu. Bir gün Bayan Nermin bebeği kucağına almış cıgarasını içiyor ve Ruhsar'la konuşuyordu. Bahçede bir öğlen sonu sıcağının gevşekliği içindeydi. Hiçbir şey düşünmeden aklına geldiği gibi apaçık kocasıyla ya da partili bir arkadaşıyla konuşur gibi konuşuyordu. Kızcağız Bayan Nermin'in "Tanrı'nın hiçbir yoksulun bugüne kadar işine yaramadığı" hakkındaki düşüncelerini dinledikten sonra ayağa fırladı, bebeği elinden kapıp, "Tövbe de Nermin Abla, tövbe de çarpılırsın," dedi ve gitti, bir daha da uğramadı. O büyük onulmaz karlı gecelerde bile...

Bayan Nermin uzun bir süre Tanrı sözcüğünü ağzından kaçırmadan komşularıyla görüştü. Yemek pişirmek, dikiş dikmek, havalar, temizlik konuları işleniyordu. Bunlar da çabuk tükeniyordu. Komşular Nermin Abla'nın tarif ettiği yemekleri ne merak ediyorlar, ne de yapmaya heves ediyorlardı. Sık sık ikişer üçer kişilik gruplar halinde gelip doğru mutfağa doluyorlar "Kız bi makine varmış görek dedik," diye, katı yumurtayı tırtıklı tırtıklı kesen aleti; hıyarı, patatesi kutu kutu, yol yol ya da incecik yuvarlak olarak doğrayan bıçakları; kek, bisküvi ve pasta hamurlarını döven acayip kollu makineleri ibretle seyrediyorlar, çenelerinin altından sarkan şarpalarının uçlarını çeke çeke gidiyorlardı. Bayan Nermin'in yüreğine, onların konuşmadan uzaklaşışını seyrederken ağır bir sıkıntı oturuyordu. Acaba ne düşünüyorlar, diye soruyordu kendi kendine. Benimle ne dargın ne barışık, ne yabancı ne de içlidışlı olan insanlarım ne düşünüyorlar acaba? Bakışlarından ne dostluk ne düşmanlık seziliyor. Onların beni anlamasını, sevmesini istediğimi biliyorlar mı? Onlarla elimdekini, gönlümdekini paylaşmak istediğimi biliyorlar mı? Böyle, sırtlarını çevirip yürüyen kadınların ardından, bahçe kapısının önünde dikilerek uzun ve mahzun bakıyordu.

O yıl sonuna doğru ise Bayan Nermin onların ne düşündüklerini anlar gibi oldu. Birisi; hiç tanımadığı, ama ilerdeki kahvenin orada sık sık rastladığı bir yüz geçiyordu yoldan. Bahçe kapısının parmaklığı açıktı. Bayan Nermin eriğin dibine, piyanosunun bitişiğine kurduğu şezlonga uzanmış göğü, bahçe kapısının önünde uzanan boş bayırın üç yanını çeviren küçücük konduları seyrediyor, sonra gene gözlerini göğe çeviriyordu.

Okumak için eline aldığı kitabı kucağına koymuştu. Gün bitmek üzereydi. Katı bir mavilik alçalıyor, ortada birleşiyordu. Delikanlı yolun yukarısından Ruhsarların yanından doğru tembel tembel ilerliyordu. Bayan Nermin'in kapısı önüne geldiğinde döndü, göz göze geldiler. O anda da çarpılmış gibi durdu. Bayan Nermin, istemeden yarı yatar durumunu bozarak oturdu. Delikanlı birden bahçeden içeriye Bayan Nermin'in oturduğu yere doğru bir tükürük fırlattı ve bir daha dönüp bakmadan yürümesini sürdürdü. İncecik, uzun boylu, üstü başı berbat bir gençti. Bayan Nermin aldırmadı, hiçbir şey olmamışça başını göğe kaldırıp şimdi iyice ortaya toplanmış ve koyulmuş maviliğe gözünü dikti. "Zavallı, kandırılmış insanlarımdan biri olacak," diye düşündü. "İşsiz güçsüzün biri, ona iş bulmak istediğimi, mutlu olmasını dilediğimi bilse tükürür müydü?"

Kış başında ise; Bayan Nermin'in insanları, kadınlı erkekli; bu aslen nereli olduğu anlaşılmayan, güzel, varlıklı, bu evin bahçesine her türlü iti köpeği toplayıp onlarla al takke ver külah eden, üstelik kendi kocalarını bile ellerinden alıp evine davet eden, rakı masalarında saatlerce erkeklerin karşısında oturup onların gönlünü yapan, kahkahaları ta dipteki evlerde uyuyan delikanlıları yatağından sıçratan bu orospu kılıklı karıyla, onun o boynuzlu kocasının, mahallenin ahlakını bozan bu insanların, burada kendi öz mahallelerinde ne aradıklarını birbirlerine sormaya başlamışlardı. Kendini yüzüstü yatağa attı, midesine dayanılmaz bir ağrı saplanmıştı sonunda. Zile bastı, o dakika karşısına dikilen kat hademesine ne diyeceğini bir an şaşırdı, toparlandı, "Burada doktor bulunur mu?" diye sordu. Adam "Yoktur ama bulunur abla," diye hemen çıktı gitti. Adamın ardından sevgiyle güldü ve doğruldu, midesi geçmişti.

"Halka yapılan alçaklıklara seyirci kalmak ne vakitten beri üstün görüşlülük sayılıyor?" diye sormuştu kocasına. Son aylarda sıklaşmaya başlamıştı tartışmaları. Adam Bayan Nermin'i çileden çıkaran bir soğukkanlılıkla yanıtlıyordu hep onu, gene istifini bozmadı:

— Halkın ne istediğini bilen bir kişi varsa içinizde beri gelsin! Piposunu doldurmaya koyuldu, ağır ağır bastırıyordu tütüne. Kafaları milattan öncede, yaşamaları on üçüncü yüzyılda kalmış bir yığın yaratığın karşılarına geçip "Sömürülüyorsunuz, attığınız her adım yanlış, tuttuğunuz oruçlarla kıldığınız namazlar da hep boşa" demekle adam kandırılacağını mı sanıyorsunuz?

— Kandırmak mı! Kandırmak mı! Ayağa fırladı Bayan Nermin, kondusunun bahçesinde tükürüğü yediği geceydi. Bu sözleri fırsat düşkünlerinin partiyi parça parça etmelerinden önce söylemiyordun ama? Bana bak, dedi, sakin sakin piposunun tütününü kondularının sofasındaki isli tavana savuran kocasına. Bana bak, senin yaratık dediğin insanlar senin bilgi ve hünerinin çok yukarısındadır bu bir! Bahçeye toprağa yapışan tükürüğü düşündü. Gidip bakmıştı uzun, beyaz köpüklü, zorla koparılmış bir tükürüktü. Bay Bedri sinirli bir kahkaha attı:

— Ne bakımdan?

— Her bakımdan, sözümü kesme, ikincisi ve en çirkini de halk üzerinde bunca doğru görüşleri bulunan bir aydın

olarak, vaktiyle neden partiye girip de yararlı olmaya çalış-
madın, neden bu sömürü düzenini yıkmakta katkın bulun-
sun istemedin? Tıpkı bir karşıdevrimci, bir halk düşmanı...

— Papağanlık istemez, dedi Bay Bedri, gene piposundan
çekerek. Tavırlarında sanki bir akıl hastasına gösterilen bü-
yüklük, bir hoşgörü vardı.

— Sana ne derler biliyor musun? Sana, sana hain...

— Yeter, diye ayağa fırladı Bedri, piposunu ağzından hız-
la çekip karısının bulunduğu yöndeki cama fırlattı, camın şa-
kırtısı Bayan Nermin'i ürkütmüştü. Bebeğin kirlettiği ve izinin
hâlâ belli olduğu yerin tam üzerine sedire çöktü kaldı, ağzı-
nı açamıyordu. Senin heveslerinden, kendini kahraman san-
malarından usandım, senin halk halk diye bir yığın budalaya
rezil olmandan, halk diye onlarla eğlenmenden, alay etmen-
den bezdim. Bu budalalar yüzünden tenekede su ısıtıp yıkan-
maktan, bu pislik içinde yaşamaktan, akan damdan, komşu-
larından, partililerinden bıktım anlıyor musun? Hele hele her
gece yastığının altından Lenin'in naneleri fışkıran bir kadınla
yatmaktan nefret getirdim artık anlıyor musun?..

Bütün mahalleyi ayağa kaldıran bir motor gürültüsüyle
Bayan Nermin kendine geldi. Her yanı tiril tiril titriyordu. Kı-
rık cam parçaları sedire yayılmıştı. "Oportünist," diye fısıl-
dadı. Konduda tek başına kalmıştı. Bitişikte Ofsetçi Rıza'nın
evinde ışık yanıyordu.

Bayan Nermin o geceyi anımsadıkça midesine böyle ağrı-
lar girerdi. Asıl yandığı, nasıl nasıl olup da bunca yıl koynu-
na girdiği, her yanını sevdiği, öptüğü bu erkeği, bu insanı ta-
nımamasıydı: "Senin canın halkın, onlar senin çok üstünde-
dir dediğin halk nedir biliyor musun, daha henüz yazının ica-
dından önceki kafayla radyo dinlemektedir o insan. O daha

atı, deveyi, öküzü kendisine alıştırmaktadır, orada bile değil daha, ateş yakmayı yeni öğreniyorlar. Sen ne biliyorsun? Sen! İnsanlar hakkında ne biliyorsun? İstanbul'dan dışarıya adımını mı attın? Avrupa seyahatlerinde mi öğrendin o insanları? Benim çok üstümdeymişler ha! İnsan, nasıl bugünkü uygarlığa ulaştı biliyor musun? Kaç bin yıl geçti Yontma Taş Devri'nden bugüne dek... Siz misiniz onları birkaç yılda benim yanıma sürecek? Siz misiniz onların kafasıyla beni patentinize alacak?.. Onlar çokmuş, biz azlıkmışız, onlar sürünüyormuş, biz keyif çıkarıyormuşuz. Sürünmesinler gelsinler başa, hani, hani beyinleri? Hangi kafayla? Hangi bilgiyle ha? Rus insanı yapmışmış, Castro yapmışmış, Mao yapmışmış... Neden neden seninkiler yapamıyor peki? Senin 'canım halk'ın neden solucanlar gibi sürünüyor, neden silkinemiyor, başını dik tutamıyor, konuşurken pabuçlarının burnuna bakıyor, hâlâ temennalarla çıkıyorlar huzuruma, ne dediklerini bile anlayamıyoruz çoğu zaman, ne konuştuklarını, ne istediklerini bile anlayamıyoruz? Bunlar mı başımıza getirmek istedikleriniz? Onlar benim çok yukarımdaymışlar ha? Ahmaklar! Onlara merhamet istersen sadaka veririm, ama paye istersen işler değişir."

Bayan Nermin bütün bunları dinlediğine, dayak yeme pahasına da olsa, ona saldırmadığına, insanlara bunca eziyeti hoş karşılayan bu adama bir şeyler yapamadığına şaşıyordu; ölene dek de şaşacaktı... Çok korkmuş olmalıydı, kocasını hiç öyle görmemişti, bambaşka biriydi o akşam...

Kapı vuruldu, hademe girdi.
— Abla doktor kayıyor, haber verdim kayaktan döner dönmez gönderecekler.
— Sağ ol gelmese de olur artık, geçti midemin ağrısı!
— Geçmiş olsun abla.

— Eyvallah. Sana zahmet şu kayak ayakkabılarımı çözer misin, eğilemiyorum...

— Emret abla.

Bayan Nermin eğilen adamın yağmaya uğramışçasına darmadağın saçlarına tepeden baktı. Saçlar öyle sertti ki, her bir teli havayı ok gibi deliyordu. Hiç merak etmediği halde, "Adın ne senin?" diye sordu, ayağını değiştirirken.

— Aslen Medain'dir adım abla ama dilleri dönmez Fedai derler.

— Aslen nerelisin?

— Bulgar göçmeniyik, çiftçiymişik orada, bir buçuk yaşımda gelmişim ben buraya.

— Kaç yaşındasın?

— 39'luyum ben abla... Üç ay önce atam öldü benim, bakamadık ona.

— Neden bakamadın?

— Muhtar yoksul kâğıdını çıkarıp hastaneye koyana kadar öldü.

— Neydi hastalığı?

— Su toplamış sol yanına.

İşini bitiren adam ayağa kalktı.

— Eyvallah.

— Bir şey değil.

— Hiç aklımdan çıkmıyor abla, ölmeden dedi ki bana, "Bunca zaman ben senin atandım şimdi de sen benim atam ol, beni ele verme," dedi... Adamın gözleri yaşarıverdi.

Bayan Nermin boş gözlerle baktı adama. Binlerce hikâye dinlemişti böyle. Artık şaşmıyor, üzülmüyor, sadece dinliyordu.

— Evli misin?

— Ailem var, iki de oğlum var.

— Allah bağışlasın!

— Sağ ol abla. Bu yıl büyük okula başladı. Altı aydır gidiyor okula daha sökemedi yazıyı abla.

Bayan Nermin bir cıgara yaktı, adama da uzattı, cebine koydu adam.

— Sen okudun mu hiç?

— Ben hiç gitmedim okula abla, biz köylüydük, bizim okumamızdan ne olacak! Biz okuyamadık ya bari oğlan okusa o da aptal kalmasa abla!

— Estağfurullah!

— Oğlanı bir okutabilsem abla!

— Kaç lira aylık alıyorsun?

— 500'ü, 600'ü bulur çok şükür.

— Neye şükrediyorsun?

Adam ellerini önünde kavuşturup saygılı bir biçim aldı.

— Ben ayda 5000 kazanırım, gene de zor geçinirim.

— Eee Allah devlete zeval vermesin. Siz başkasınız belli. Biz askerde biraz sökmüştük ya okumayı, şimdi gene unuttuk, bari oğlan okusa abla!

— Okuyamaz, dedi, Bayan Nermin hırsla, adamı kızdırmak istercesine. Okuyamaz, bu düzende bu aylıkla okutamazsın çocuklarını!

— Eh ne gelir elimizden, yani demek istiyorum ki, dayanacak bir yerimiz olmayınca!

Birbirlerini süzdüler.

— Orasını siz bilin artık, bizlerin keyfi yerinde. Görüyorsunuzdur ya buradakileri!

Bayan Nermin yemekte giyeceğini seçmek üzere elbise dolabını açtı, karıştırmaya başladı. Dolap bir baştan bir başa renk renk giysilerle doluydu. Fedai bu kazaklara, ceketlere, pantolonlara dalmıştı.

Bayan Nermin ne giyeceğine karar verememişti. Simli bir bluza el attı.

— İki çileden çıkar dedilerdi o da yarım kaldı!

— Yarım kalan da ne?

— Oğlan ufak, iki çileden çıkar dedilerdi...

— ?..

—Ailem bir hırka örüyordu, ör ör yetiremedi, söktü, daha biraz darlaştırdı gene yetmedi, bir çile daha aldım, şimdi de kolları yarım kaldı...

Bayan Nermin elinde gümüş simli beyaz dantel bir bluzla adama döndü, dik dik baktı. Bu, saçı sakalı birbirine bulaşmış, ağzı gözü kapkara kılların arasında görünmez olmuş, bu 39 doğumlu Cumhuriyet çocuğu bu omuzları düşük, bacakları ayrık yaban adamı yoksa sadece kendisine bir yün kazak bağışlamama fit mi diye korkuyla düşündü. Öyleyse "Dayanacak bir yerimiz olmayınca!" sözü ne demeye gelmişti?

Bayan Nermin kızgın kızgın:

— Bak dedi, iyi bak, bunu 600 liraya aldım ben, senin bir aylık emeğin bu, şuralarda gördüğün her kadın, her erkek üzerinde en az 2000 liralık giyecek taşır. Anlıyor musun ne demek istediğimi? Anlıyor musun?

Adam burnunun ucunda duran bluza baktı, tutmak ister gibi kolunu uzattı. Bayan Nermin bluzu geri çekti. Adamın eli kısa bir süre havada asılı kaldı. Bayan Nermin birdenbire incir yaprağını andıran genişlikteki beyaz eli gördü. El, Ruhsar'ın bebeğinin pembe beyaz yanakları gibi ince bir deriyle kaplıydı, parmakları uzun uzun, tırnak dipleri ise kapkaraydı. Bayan Nermin'in içini bir banka müdürünün ya da bir holding müfettişinin buralarda hademeliğe başladığı düşü sardı...

— İstersen vereyim sana bunu karına götür ha? İstersen bütün bu dolaptakiler senin olsun. Ama sonra... Sonra ne olacak, ne yapacaksın? Çocukların ne olacak?

Beyaza çalan kocaman bir dil kılların arasından uzayıp dudaklarını yaladı, ellerini ise saygıyla kavuşturdu.

Düşmez kalkmaz bir Allah. Ne idik ne olduk. Bizi böyle edenler beter olsunlar... Benim atamın çifti çubuğu var idi. Malları var idi. Allah seni inandırsın ne mallar: 10 inek, 20 malak, 33 öküz, 41 buzağı, 184 tavuk, 200 ferik, 31 horoz...

Kazlar, hindiler, göller, ormanlar, ördekler yeşil başlı, badanalı evceğizler, bütün bir köy. Geniş bir bahçenin dibinde, önünden yol geçen bahçenin dibinde kocaman bir oteli, onu işletir idi... Sonra adamlar geldiler. "Bu Tanrı'nın çiftliği, bu mallar, bu otel nereden senin malın olmuş?" dediler, tümünü aldılar, atamı dövdüler. "Altınların yerini söyle," dediler, söyletemediler. Çok altını vardı atamın, dövmeyle söyletemediler. İki kazan kurdular bahçeye, birine kaynar su, ötekine buz gibi soğuk su koydular, babamı yakaladılar, soydular, çırılçıplak ettiler, bir o kazana bir bu kazana, bir bu kazana bir o kazana soktular çıkardılar, soktular çıkardılar. Atam o zaman söyledi altınların yerini, turşu küpünün içindeymiş. Aldılar. Oteli işleteceksin sadece, senin görevin bu, oradan kazandığınla geçineceksin, onun da yarısını bize vereceksin dediler.

— Demek koskoca bir holdingdi ha! dedi Bayan Nermin. Adam şaşkın şaşkın kadına baktı, "Buyur?" dedi. Çözülen ellerini yeniden önünde kavuşturmuştu "buyur" derken. Bayan Nermin bu kocaman beyaz ellerin üzerinde derin derin uzanan çatlakları gördü. Konduda olduğum yıl benim de böyle çatlamıştı, ne acır ne acır diye düşündü.

— Bu düzende okutamazsın çocuklarını, dedi adama. Sesi içtenlik doluydu.

— Ben hep bu kattayım, bir emrin olursa çağır beni abla? Fedai'nin ardından kapıya dek yürüdü Bayan Nermin, kitledi kapıyı. Elinde sallanıp duran simli bluzu yere çaldı, camı kapattı, soyundu. Üstüne basarak gidip yatağa uzandı...

O yıl kış erken bastırmıştı. Kapının eşiğinden günlerce kalkmamıştı kar. Ofsetçi Rıza arada bir karla kaplı pencerenin camına vuruyor "Bir isteğin var mı abla?" diye soruyordu. Başka tek bir kişi, bir Allah'ın kulu çıkıp kapısını tıklatmamıştı. O birkaç günde, karla örtülü yaşamasının o birkaç gününde, pilli radyosu, kitapları ve düşünceleriyle yıllar geçirdiğini, yaşlandığını, işe yaramaz duruma girdiğini sandı Bayan Nermin. Bir gece uykusundan acayip gürültülerle uyandı. Karanlığın duvarlarını delip kendisine kadar gelen bu sesleri hiçbir şeye benzetemedi. Yeniden uyuyakaldı. Daha sonra bir sabah, güneş çıkıverdi ortaya. Kapı eşiğini, bahçeyi, camları duvarları dolduran bütün karları eritiverdi. Akan sular ortalığı batağa buladı. Bayan Nermin sevinçle kapısını açtı, gözlerinin önünde dümdüz boş bir bataklık uzanıyordu. Üzerindeki her şey yok olmuştu. Bahçeyi çeviren çürük parmaklıklar, asma çubukları, akasya ağacı, nar, kavruk erik ve piyanosu yok olmuştu. İlerledi; çamurların arasında piyanosunun kalın bas telleri yılanlar gibi birbirlerine dolanmış yatıyordu. Tizler yok olmuştu. Kesilmiş erik ağacının baltalanmış kökü bir çamur çıkıntısı olarak sipsivri fırlamıştı havaya. Ortalık kuruduktan sonra tuşları, o güzelim fildişi tuşları bulmaya başladı. Bir bir topladı onları, sabunlu suyla yıkadı, havluyla kuruladı, ölen sevgilisinin küllerini saklayan birinin hüznüyle tuşları boş Philip Morris kutularına doldurdu, birkaç giyim eşyasını ve kutuları valizine yerleştirdi, anasının evine döndü. Yolda, çok hoş şeyler yaşadığını düşünüyor ve durmadan gülmeye zorluyordu kendini. Anasına halkı biraz daha yakından tanıdığını ve daha çok sevdiğini söyledi.

Kalktı pencereyi açtı ve aşağıya sarktı. İki oğlan gitmişlerdi. Tepindikleri yerde karlar oyuk oyuktu. Tepelerden dağın eteklerine doğru akan, aktıkça da irileşen iki eğri karaltı seçiliyordu. Yaklaştıklarında Özsüt Muhallebicisi'nin gelinini tanıdı, öteki kayak öğretmeniydi. Yıllardır bu adamla sevişiyordu kadın, kocası da Mitraniler'in küçük geliniyle yaşardı. "Belki hepimizi de aynı doktor iyi etmeye çalışıyor!" diye güldü Bayan Nermin. Alt kattaki oturma salonunun ışıkları ve yüksek tabakanın gürültüsü karlara vuruyordu. Dağ dimdikti, bağrına kazılan yarıkları yağmaya başlayan karla örtüyordu.

Pencereyi kapattı, perdeleri çekti, ışığı yaktı yatağa doğru yürürken, boy aynasında kendine rastladı yarı çıplak. İyice incelmişti son günler, beğendi. Aynadan kendisini izleyen ve zaman zaman ahlak konusunda bir deli kadar titizlik gösteren, şu zorlu kadınla göz göze gelmekten kaçınarak karşısında durdu, boynunu büktü, gözlerini Fedai'nin yaptığınca ayaklarının ucuna indirdi, ellerini karnı üzerinde topladı, titrek bir sesle, "Doğru yolda mıyım, halkıma yaklaşabiliyor muyum?" diye sordu. Kadın küçümser bakışlarla süzdü Nermin'i ardından ellerini uzatarak çıplak bedenini okşadı, inceden belini, yarım yuvarlaklar biçiminde üst üste düşen karnını, boynunu, kollarını, küçülüp sarkan memelerini. Vaktiyle Bedri'nin o memelere yapışıp emdiğini, öpüp kokladığını ürpertiyle anımsadı.

Evliliklerinin ilk günlerinde adamı yanına sokmamıştı Bayan Nermin. Yalnız kaldıklarında, yatak odasına girdiklerinde Bay Bedri üzerine atlıyor, tüm gücüyle sarılıp üzerine boşalıyordu. Islanan eteklerini bir yanından iğrenerek tutup tutup yıkıyordu Bayan Nermin. Umduğu gibi değildi kadınlık, ne yapılacağını nasıl yapılacağını bilemiyordu, bu iş olanca pisliğiyle birdenbire bindirmişti üzerine. Kadının bütünsel özgürlüğü için yaptığı kavgaları, atıp tutmaları kendisi için yapmamış olduğunu anladı. O bir haksızlığa karşı çıkmak istemişti, evine, toplumuna yapılması gerekenin ne olduğunu göstermek istemişti, bir yol açıcı olmak istemişti ama hesabının bir yerinde bir yanlışlık vardı, bunu çıkarmaya çalışıyordu. Bunları Bedri'yle konuşuyordu, tartışıyordu. Genç adam onu dinliyor, hak veriyor, sonra sımsıkı sarılıp boşalıveriyordu üzerine...

Bir sabah kocasına kardeşiyle aralarında geçeni bildiğini ama bunun hiç önemi olmadığını söyledi. Yataktaydılar.

Adam başını Nermin'in göğüsleri arasına soktu ve hıçkırarak ağladı, "Sen bir meleksin, seni çok seviyorum, sakın beni bırakma," diyordu durmadan. Gözyaşları göğüslerinin arasından akıp karnını daha aşağılarını ıpıslak etti. Bayan Nermin belki de ilk kez Bedri'ye alıcı gözle baktı. Kumral saçlarını, pehlivan ensesini, oynak sert kaslı sırtını okşadı yavaş yavaş, "Üzülme, bunda bir şey yok ki, üzülme, hayır seni bırakmam," dedi, sonra adamın başını kaldırıp ağzından öptü. Öpmeyi öğrene öğrene öpüyordu. Bedri gözyaşlarını yastığa kuruladı, uzun uzun baktı Nermin'e. Nermin kollarını adamın boynuna doladı, gözlerini sımsıkı yumdu ve kendini kadın olmaya bıraktı. Bir yerde soluğunu çekti acıyla, bir yerde yeniden soluk aldı, koyverdi, bir ara "gırt" diye bir ses duyduğunu sandı, kolları yana düştü, gözlerini araladı, dirsekleri üzerinde gövdesini kaldırmış kendisini seyreden Bedri'yi gördü. Bayan Nermin Meral'e de böyle mi yapmıştı acaba diye geçirdi, sonra ağladı, "Canını yakmadım ya sevgilim," dedi Bedri. Başını salladı Nermin, kocasını öptü ve kalktı yataktan. Bu iş de bitti diye sevindi. Bayan Nermin'in ilk günler duyduğu utanmayı, sıkılmayı atıp kocasıyla gerçekten karşılıklı sevişmeye başlayabilmesi için yıllar gerekmişti. Tam anlaştığı, uyuştuğu, sevişmenin tadını çıkarır olduğu bir sırada da bu halk işi girmişti aralarına işte...

Bayan Nermin, "Yoksa ben yaşamımı heder eden biri miyim?" diye sordu aynaya içi sızıldayarak. "Yoksa ben, anamın dediğince ne kiliseye, ne camiye yarayan biri miyim? Ben yoksa, boşu boşuna başını sivri kayalara vuran, her vuruşta onulmaz yaralar alan, her yaralanışta 'İşte, bakın beni gene bu toplum yaraladı' diye kanlarını akıta akıta dolaşan ve toplumun o kanları görüp de hastasını anlayacağını uman, yarasından dolayı göğsü kabaran, her başarısızlığında, 'Var mı benim gibi toplumuyla uyuşmayan, yüce bir insan?' diye, kendine güveni artan, 'İşte ben dünyayı ileriye doğru değiştirmekte emeği geçenlerden biriyim' diye için için devleşen ve durmadan yeni yeni yaralar arayan, yaralarından ve devliğinden kimsenin haberi olmayan, emeği eline verilmiş biri miyim ben yoksa? Acaba seviyor muyduk birbirimizi?" diye sızlandı yeniden bakarak sol memesinin ucuna, bu memesi sağ memesinden daha büyüktü ve Bedri keşfetmişti böyle olduğunu. Acaba aramıza gerçekten de halk mı girmişti, yoksa Bedri düpedüz bıkmış mıydı benden? Kardeşiyle arasında geçen o olayı bilmemin verdiği eziklik miydi aslında onu kaçıran, yoksa artık memelerinin diriliğini yitirişi miydi tek neden? Bayan Nermin, bu nedeni "halk" olarak göstermenin sapıklık olduğunu söyleyen aynadaki kadına "Sen delinin birisin," diye dilini çıkardı. "Nedenlerle vaktim yok benim zaten, yeniden gidiyorum halkıma o beni karlı bir dağ başında yapayalnız bıraktı bir daha da arayıp sormadı, pahalı yerlerde sarışın kadınlarla düşüp kalktığını söylediler Bedri'nin. Halktan sarışınlarla..." Dirseğini aynaya dayadı, "Olacağı buydu o eski boksör bozuntusu, halk düşmanı, pipolu domuzun," dedi. Yüzü kızarmıştı, bir yıldır başka bir erkek düşünmekten kaçıyor, kaçtıkça da büsbütün halkının kucağına düşüyordu; kendine yediremediği, hazmedemediği şeyse erkek olarak kocasını; sadece onu istediği, onu özlediğidi. Bu düşünceyi tiksintiyle kovdu aklından. "Halkıma adadım ben kendimi, canımı verebilirim onlar için, özel sorunların hiç yeri olmayacak artık yaşamımda, öylesine seviyorum bu halkı..." dedi, sevgi sözüyle durgunlaştı bir an, arsız arsız gözünü kırptı aynaya, ardından iyice yanaşıp bütün gövdesini yapıştırdı ona. Memelerini, karnını, baldırlarını ezen camın soğukluğu hoşuna gitti, bacaklarından yukarıya doğru dağılan sıcaklığı iyice duydu, yüzünü dayayıp kadını dudaklarından öptü, gözlerini aralayarak "Sen bir meleksin, seni çok seviyorum, beni bırakma," diye yakardı, ardından yere oda kapısının önüne düşmüş bluzu gördü, elleriyle külotunu dizlerine doğru sıyırdı, birkaç bacak hareketiyle yere inen külotu sağ ayağının ucuna takarak tavana doğru fırlattı, don havada ince bir denizanası gibi döndü ve yalpalayarak karyolanın dibine düştü.

Bayan Nermin ışığı söndürdü, gece lambasını yaktı ve kendisini öylece yatağa attı, yüzünü kuştüyü yastığa gömdü. "Mösyö Debray, görüyorsunuz işte olmuyor, yıllar geçti neredeyse kocadım, bu halkı anlamak çok zor..." diye mırıldandı. Yastığın içinden sızan sesi boğulan birinin hırıltılarını andırıyordu. Mösyö Debray, "Haklısınız," dedi, "ama sizi anlamak da çok zor, ne ki üzülmek de boş bir şey..." Bayan Nermin'in sevgiyle saçlarını okşadı, kolu zor kalkıyordu, hasta gibiydi. "Peki neyi yanlış yaptım, bana şunu yapmamalıydınız diyebilir misiniz?" dedi Bayan Nermin dönerek genç adama. "Hiçbir şeyi, hiçbir şeyi, bu nasıl söylenebilir ki!" dedi Debray. Bayan Nermin "Peki nasıl olacak?" diye sordu. "Geçen akşam Fidel'e de sordum bunu biliyorsunuz, benden pek hoşlanmıyor, daha doğrusu güven duymuyor bana, konuşmanın en can alıcı yerinde kalkıp gitti." "Bence kimseden medet ummamalısınız," diye yanıtladı Debray, "kimseden hayır yok size, kendi göbeğinizi kendiniz kesmelisiniz," diye kalktı titrek adımlarla kapıya doğru yürüdü... Bayan Nermin yalnız kalınca "Bak hele sen dünkü piçe, anası yerindeki kadına karşılık vermeyi nerden öğrenmiş, aklı olsa kendine yarardı..." diye söylendi. Aklına doktoru geldi, yakışıklı ve gençti, ama işleri çok tıkırında gidiyor diye düşündü Bayan Nermin. Dışarıda bir sürü hastası bekleşiyordu. İşleri tıkırında gidenler beni anlayamaz, hem onu iyice tanımıyorum bile. "Herkesle barışık biri o!" diye bağırdı odanın ortasına doğru. "Peki kiminle?" diye sordu kendi kendine, gözünün önünden tanıdığı insanları geçirdi bir bir, hiçbirini gözü tutmuyordu, içlerinden biri genç kızlığından kalma biri şu anda yüzünü bile çıkaramıyordu... İliç'i düşündü birden, utandı uzanarak gece lambasını da söndürdü. O anda Joseph'le burun buruna geldi, gülüştüler, Bedri'den sonra ara sıra buluştuğu tek erkekti o. Kösnüyle sokuldu adama, yüzünü sert göğsüne gömerek sakladı. "Örgütsüz kaldık gene Joseph, darmadağın olduk, parçalandık," diye yakındı. Joseph Bayan Nermin'i saçlarından tutarak başını göğsünden kaldırdı, yüz yüze durdular. "Dereyi görmeden paçaları sıvamıştınız!" dedi. Bayan Nermin cezalandırılacağından korkan bir çocuk gibiydi. "Bunda benim suçum yok, elimden geleni yaptım ben," diye üst üste konuştu. "Aralarına girdim insanlarımın, yüzyılların kopukluğunu bir anda kapatamazdım. Hem halk çetin, çok çetin, ama cayacak değilim bilirsin beni, döndüremeyecekler beni yolumdan..." "Bilirim dönmezsin!" diyerek ensesini sıktı sevgiyle Joseph, Bayan Nermin'in, başını yastığa bıraktı ve yanına uzandı. "Biliyor musun beni anlayan tek insan sensin," dedi kadın, onu yanağından öperek. "Şimdi ne yapacaksın?" diye sordu adam kadının üzerine eğilerek, onun için endişe eden dostça bir havası vardı ama konuşurken soluğu Bayan Nermin'in dudaklarına vuruyor, ürpertiyordu kadını. "Bilmem," dedi kadın kendi kendine mırıldanırca, "Çetin halk, çok çetin, dinliyor musun Joseph, sana karşı kendi kendime konuşurca konuşuyorum, onları sevebildiğimi iddia edecek değilim, sevgi başka bir şey çünkü, somut bir şey, ben birini, anamı örneğin ya da seni sevebilirim, ama hiç tanımadığım bir yığın insanın hepsini birden severim demek sahtekârlık gibi geliyor bana. 'İnsanları seveceksin' bizden önceki kuşakların namus birimleriydi bu. Bir aydın olma sloganı, bir küçük ezber. İNSANLARI SEVMEK ZORUNDAYIM BEN. Zorundayım diyorum, çünkü onlar kurtulmadan ben de kurtulamayacağım. Bir hesaptır bu, belki de bir çıkar. Bilincin çıkarı, bir erdem değil salt, karşımızdakileri bize borçlu kılacak bir davranış değil. İnsan için çarpışırım, bir ömür yitiririm, yanlış ya da doğru çıkar sonucu, onları sevilecek hale sokabilmeye adarım kendimi, ama onları sevdiğim için böyle yapıyorum demeye utanırım gene de, anlıyor musun beni?.." "Odur işte sevgi!" diye kadının bedenini çekerek kendininkine yapıştırdı adam, gıdığından öptü Bayan Nermin'i. Bayan Nermin, "İnsanları seviyorum sözünde bir utanmazlık, hatta bir küstahlık seziyorum ben ama ne olduğunu çıkaramıyorum!" diye şımardı. Joseph "İnatçı kızım benim," diye dudaklarını burnuna değdirdi çekti kadının, Bayan Nermin "İnatçıyımdır ama senin gibi hain değilimdir," diye fıkırdadı, ardından da adamın konuşmasına meydan vermeden uzun uzun öptü ağzından. "Sen de benimle gelsene, yola çıkacağım, daha uzaklara 'içerlere'" dedi. "Olmaz" dedi adam, ve kadının bedeninde dudaklarını dolaştırmaya koyuldu; kalın sert saçları çenesine, boynuna, omuzlarına, karnına sürtünüyordu. Kadın korkuyla "Neden ama?" diye sordu. "Bıktın mı benden yoksa, sevmiyor musun beni?" "Seviyorum, bıkmadım," dedi adam homurtuyla "Seviyorum ama gelemem, kendi işini kendin gör." "Seninle olmak istiyorum," diye diretti kadın. "Joseph," dedi, "dinle beni. Yaşlanıyorum, yoruldum, arada bir korku düşüyor içime, ben hep yalnızdım, yardımsızdım, ama şimdi anlaştığım sevdiğim biriyle paylaşmak istiyorum yaşanacak olanları, geleceği, ölmeden görmek istiyorum..." "Bu işler aceleciliğe gelmez," dedi gülerek Joseph, başını kadının karnı üzerine salıverdi, kadın adamın sert saçlarını tersine sıvazlayarak, "Hangi acele," diye güldü, "sizinki acele değil miydi?" Adam başını Nermin'in tam yüzü hizasına getirip gözlerinin içine dik dik bakarak "O tam sırasıydı," dedi, ağzıyla kadının dudaklarını örttü, kadın canı yanıyormuşçasına bağırdı, bir süre bu güçlü bedenin altında çırpındı, adam durmadan dirileşen bir hırsla yakaladı kadını, kımıldayamaz olana dek bastırdı, kadın bu ağırlığa tırnaklarını geçirdi, iyice kendisine çekti, "Ne güzelsin!" diye inledi. "Hem hain, hem kaba, hem kıyıcı, hem sevecensin. Senden bir türlü vazgeçemiyorum. Beni bırakma, ne olur beni bırakma." Adam "Daha çok, daha çok," dedi ve sarsıla sarsıla yüzünü kadının göğüsleri arasına gömdü. Bayan Nermin başını sağa sola çevirdi, gövdesi önce yavaş yavaş sonra hızlı hızlı gidip gelmeye bir ahtapot gibi açılıp kapanmaya başladı. Şu anda sesi çıkmadan kendi kendine çalan bir armonikayı andırıyordu. Duyulur duyulmaz bir ses "Joseph! Bedri! Bedri! Joseph!" diye inledi, ardından kaldırıp kaldırıp karyolaya vurdu kendini ve buluttan yapılmış bir topak kara gül gibi dondu kaldı.

Perde aralıklarından dökülen morumsu kar ışığı, Bayan Nermin'in karyolanın bir yanından sarkan sağ kolunu, göğüslerine sımsıkı bastırdığı kuştüyü yastığın üzerinde gevşeyip kalmış sol kolunu aydınlattı. Yüzünün bu yanı bembeyaz mavi, beri yanı kapkaraydı. Bu durumda yüzyıllardır çektiği çilelerinden artık kurtulmayı bile istemeyen o canım halkından biri gibiydi. Bayan Nermin, yerdeki bluzu aldı, ona uygun lame bir pantolon seçti, giyindi, saçlarını fırçaladı, kabarmış dudaklarını seyretti aynada, zile bastı. Fedai o an kapıda belirdi. "Sen mi geldin?" diye sordu adama. Bir daha onu göremeyeceğini düşünmüştü nedense. "Söyle de bana bir viski soda, bir sandviç göndersinler," dedi. Perdeleri açıp alnını cama dayadı, beklemeye başladı. Karanlığın uçurumu andıran beyazlığı otelin dört bir yanını çevirmişti. Kadın bir an kendisini bu uçurumun ortasına oyulan anafora kapılmış dibe doğru çöküyor sandı, sırtını cama dayayarak kapıya döndü hızla. Aralanan kapıdan Fedai elinde tepsiyle giriyordu, onunla birlikte aşağı salonun gürültüsü de doldu odaya. "Şuraya koy," dedi kadın, adam yaklaştıkça odaya ağır bir koku yayıldı. Bayan Nermin "Of ne kokuyor böyle?" diye bakındı. Karşısına dikilmiş duran adamın taranmış, yağlanmış, yana yatırılmış, vıcık vıcık parlayan saçlarını gördü. Fedai'nin ufacık kara gözleri simli bluzun üzerinde dolaşıyor, oradan pantolona atlıyor, pantolonun simlerini pıtır pıtır yiyen bir güveyi andırıyordu. Bayan Nermin'in içinden, yıllar önce götürüldüğü handaki polisin karşısında tutulduğu o duygu; ya saldırıverirse diye bir korku sıyrıldı geçti; gözetliyor muydu yoksa beni. Kaşlarını çatarak "Söyle aşağıya da yarın sabah altıda beni uyandırsınlar," dedi.

— Başüstüne abla, neden bu kadar erken?

— Öyle işte, başka bir yolculuk çıktı şimdi.

— ......

— Tamam mı?

— Tamam abla... Abla bizim oğlan okuyamaz mı yani?

— Neden bu kadar okumasını istiyorsun oğlunun Allah aşkına!

— Eee adam olur abla, bir yere memur olur, bizim gibi sürünmez böyle.

Bunlara kalırsa bütün Türkiye'yi memur yapıp çıkacaklar diye bir gülme geçirdi içinden, viskisinden bir yudum aldı.

— Bakarsın okur, Allah yazdıysa inşallah, belli olmaz bakarsın okur memur da olur amir de. Hadi şimdi git, bir şey gerekirse ben seni çağırırım gene.

— Baş üstüne abla, emret.

Adam çıktı. Nermin'in sözleri bir duvardan öteki duvara çalınıp kendi kulaklarında patladı: "Allah yazdıysa olur! İnşallah! Allah yazdıysa! Allah yazdıysa!" Viskiyi sonuna dek dikti, yüzünde kararlı bir aydınlık dolaştı. "Ya nasıl konuşsaydım bizim Medain'le Joseph?" diye bir kahkaha fırlattı.

Bayan Nermin Taşlıtarla dönüşü anasının evine taşıdığı valizine dolaptaki giysilerini çekip çekip yerleştirmeye başladı, ince, süslü olanları Fedai'ye ayırıyordu. "Bunları artık giymeyeceğim Joseph, içerilere, daha derinlere, yeniden halkıma gideceğim." Doğruldu. Gülümseyerek aynaya baktı. Kendinden hoşnuttu.

"İNSANLARI SEVİYOR MUSUN ACABA SEN?" dedi karşısındakine.

MODERN TÜRK EDEBİYATI KLASİKLERİ DİZİSİ

1. *Bütün Şiirleri*
   ORHAN VELİ

2. *Mektup Aşkları*
   LEYLÂ ERBİL

3. *Sevgi Duvarı*
   CAN YÜCEL

4. *Ayrılık Sevdaya Dahil*
   ATTİLÂ İLHAN

5. *Tüneldeki Çocuk*
   SAİT FAİK ABASIYANIK

6. *Yağmur Kaçağı*
   ATTİLÂ İLHAN

7. *Tuhaf Bir Kadın*
   LEYLÂ ERBİL

8. *Alemdağ'da Var Bir Yılan*
   SAİT FAİK ABASIYANIK

9. *Son Kuşlar*
   SAİT FAİK ABASIYANIK

10. *Mahalle Kahvesi*
    SAİT FAİK ABASIYANIK

11. *Kayıp Aranıyor*
    SAİT FAİK ABASIYANIK

12. *Lüzumsuz Adam*
    SAİT FAİK ABASIYANIK